Rüdiger Schneider

Athen, Paris, Lissabon

Personen und Handlung sind frei erfunden, Ähnlichkeiten oder gar Übereinstimmungen mit Namen rein zufällig.

Rüdiger Schneider

Athen, Paris, Lissabon

Novelle

Bibliografische Information der Deutschen Nationalbibliothek: Die Deutsche Nationalbibliothek verzeichnet diese Publikation in der Deutschen Nationalbibliografie; detaillierte bibliografische Daten sind im Internet über http://dnb.d-nb.de abrufbar.

Herstellung und Verlag: BoD – Books on Demand, Norderstedt

ISBN: 9783756235766

1

Jenes Bild ist mir unvergesslich in Erinnerung: Wie der Großvater, den Hut in der Hand, auf dem Düsseldorfer Südfriedhof aufrecht hinter dem Sarg seiner Frau einherschritt. Sicher, da war eine große Trauer in seinem Blick. Zugleich aber glaubte ich auch Dankbarkeit zu erkennen, diese Frau gekannt und mit ihr gelebt zu haben. Zu mir sagte er: „Junge, jetzt haben wir viel verloren."

Ich war zu dieser Zeit gerade 19, machte mir nicht viele Gedanken über die Vergänglichkeit. Das Leben ging weiter. Der Großvater, er war da 78, zog zu meinen Eltern nach Köln, pflegte einen Lebensstil ohne besondere Unternehmungen und Ereignisse, hing Erinnerungen nach, wandte sich keiner Frau mehr zu, unternahm nicht den geringsten Versuch. Ich dagegen entschied mich nach dem Abitur für das Studium der Philosophie – was Besseres fiel mir nicht ein – und fand Frauen hochinteressant. Um bei meinen Erkundungstouren unabhängig zu sein, zog ich von zu Hause aus, mietete ein möbliertes Zimmer, verschlief Vorlesungen, wurde mehr und mehr zu einem verbummelten Studenten. Ab und zu besuchte ich auch die Eltern und den Großvater, der ein feines Gespür dafür hatte, dass ich mehr und mehr in den Tag hineinlebte, ohne eine solide Perspektive zu haben.

„Junge", sagte er, „höre mit der Herumturnerei auf und lerne etwas Ordentliches. Und wenn du das geschafft hast, dann wende dich meinetwegen den Frauen zu. Andersherum geht es bergab. Dann sitzt du mit 40 auf der Straße und keine Frau will mehr etwas von dir wissen."

Der Großvater hatte gut reden. Er hatte es richtig gemacht, zuerst ein solides Handwerk gelernt – er war Sattler, hatte eine eigene Werkstatt – und sich dann erst der Damenwelt zugewandt. Wie ich aus seinen sparsamen Erzählungen wusste, hatte er sich in eine Düsseldorfer Balletttänzerin verliebt, war ihr sogar zu Auftritten nachgereist, hatte um sie geworben, mit Erfolg, und schließlich geheiratet. Im Flur der Düsseldorfer Wohnung hingen Fotos aus der Glanzzeit der Großmutter, Bilder, die von einer grazilen Kunst zeugten. Eine schöne Frau! Der Großvater hatte gut gewählt. Als ich diese Fotos das erste Mal bewusst betrachtete, war die Zeit des Tanzens schon lange vorbei. Die Großmutter hatte sich von der Bühne zurückgezogen, arbeitete als Sekretärin in einer Anwaltskanzlei. Mir war sie als sehr liebenswerte und freundliche Frau in allerbester Erinnerung. Vor allem auch, weil sie bei meinen Besuchen die besten und leckersten Reibe- und Pfannekuchen servierte, die ich kannte. Auch hatte ich mitbekommen, dass sie einen hervor- ragenden Eierlikör fabrizierte, den sie gar nicht so gut verstecken konnte, dass ich ihn nicht fand. Schon als zehnjähriger Bub wusste ich, dass die Flasche hinter einem Regal mit Büchern stand. Mag sein, dass der frühe Genuss dieses Getränks zu meiner leichtsinnigen Lebensweise beigetragen hat. Statt als Student gewissenhaft zu lernen, verbummelte ich die Nächte mit Skatrunden oder auch mit Kommilitoninnen, die das Bett interessan- ter fanden als den Hörsaal. Mit dreißig Jahren steckte ich im 21. Semester, ohne irgendeinen Examensabschluss zu haben. Da gab es nur ein paar Seminarscheine über die Philosophie des Mittelalters. Unter anderem hatte mich die Frage des Thomas von Aquin interessiert: „Wieviele Engel haben auf einer Nadelspitze Platz?"

2

Zu meinem dreißigsten Geburtstag nahm mich mein Vater ins Gebet.

„Jakob, ich will dir deinen Geburtstag nicht versauen, aber wie lange willst du uns noch auf der Tasche liegen und studieren? Du hast immer noch keinen Abschluss und langsam tut es mir leid, dass wir dich statt aufs Gymnasium zu schicken nicht zum Bäcker in die Lehre gegeben haben. Deine Mutter und ich bekommen gar nicht mit, was du in deiner Wohnung so alles treibst. Aber uns schwant nichts Gutes."

„Mach dir keine Sorgen Vater. Mir fehlt noch ein Schein und dann geht es ab ins Examen beziehungsweise zur Master-prüfung. Mit der Masterarbeit habe ich schon angefangen. Die ersten Seiten sind fertig."

„So, so! Dein Thema?"

„Ethik und angewandte Philosophie."

„So? Und was macht man damit?"

„Bei Zeitungen arbeiten im Feuilleton für Kultur, vielleicht beim Fernsehen. Aber das weiß ich noch nicht genau."

„Flausen! Nichts als Flausen! Mir wäre lieber gewesen, du hättest BWL und Steuerberatung studiert und könntest in zwei Jahren unser Büro übernehmen. Kannst du immer noch. Du wechselst auf die IU, die Internationale Hochschule Köln, machst ein duales Studium, eben BWL und Steuerberatung. Meinen Ruhestand schiebe ich auf, bis du fertig bist. Dann hast du etwas Handfestes. Philosophie! So etwas Brotloses! Nachdenken über die Probleme der Welt kannst du abends nebenbei auf dem Balkon. Überleg es dir!"

Ich sah meine Felle davonschwimmen. Kein bequemes Leben mehr, kein langer Schlaf, keine Nächte mit Skat, keine willigen Kommilitoninnen mehr. Ich war vom Geld des Vaters abhängig. Wenn das nicht mehr floss, war Feierabend. Die Vorstellung, irgendeinen ungeliebten Job anzunehmen, bedrückte mein Gemüt. Aber als ebenso reizlos empfand ich das Studium der Betriebswissenschaften und der Steuerberatung. Der Abschluss in der

Philosophie würde sich noch lange hinziehen. Dass ich bereits mit einer Masterarbeit begonnen hätte, war schlicht eine Lüge der Not gewesen. Da gab es nicht eine einzige Seite. Und ein Thema hatte ich schon gar nicht.

„Gib mir noch etwas Zeit!" bat ich. „Ich will es mir überlegen. Vielleicht hast du ja recht."

„Zöger' es nicht zu lange hinaus! Es ist mein letztes Angebot."

3

Zwei Monate nach dem Gespräch mit dem Vater rief mich meine Mutter eines Morgens an.

„Junge, Jakob, dem Opa geht es gar nicht gut."

„Dem Opa? Du meinst den Großvater!"

Ich konnte den Ausdruck ‚Opa' nicht leiden, empfand ihn als respektlos, als Jargon von Boulevardzeitungen. Wenn die Mutter ‚Opa' sagte, korrigierte ich sie immer oder fragte: „Wen meinst du?"

„Ja, ja", antwortete sie. „Du weißt doch genau, von wem ich spreche. Also, es geht ihm nicht gut. Er wird Morgen ins

Krankenhaus müssen, will dich aber vorher noch einmal sehen. Im Krankenhaus ist das wegen Corona nicht mehr möglich."

„Schlimm? Was ist es denn?"

„Krebs. Mit Metastasen. Er wird das Krankenhaus nicht mehr verlassen."

„Ich komme, bin in einer Stunde da."

Großvater Hermann lag in der oberen Wohnung, die er im Haus meiner Eltern hatte, im Bett. Er sah bleich und abgemagert aus. Aber ein Lächeln huschte über sein Gesicht, als er mich sah und mir die Hand reichte.

„Schön, dass du gekommen bist. Es gibt etwas zu bereden. Das wird unser letztes Gespräch sein. Es geht zu Ende. Ich spüre das. Aber das macht nichts. Ich habe genug gelebt. Vielleicht treffe ich ja deine Großmutter. Im Himmel, im Jenseits oder weiß der Kuckuck wo. Glaubst du an sowas? Bist doch ein studierter Bub. Philosophie!"

Ich hob die Schultern. „Woher soll ich das wissen? Keine Ahnung. Wäre aber schön."

„Naja", meinte er. „Darum geht es jetzt auch nicht. Ich mache mir ein paar Sorgen wegen dir. Keine Angst! Nicht wegen der

Philosophie und deines langen Studiums. Dein Vater hat mir erzählt, was er mit dir vorhat. Mach es nicht! Du bist nicht geeignet für Steuerberatungen. Da lerne lieber Koch oder sonst etwas Handfestes. Andererseits stimmt es schon: Du musst aufpassen, dass du dich nicht verbummelst, zum Müßiggänger wirst. Und was die Frauen betrifft: Suche lieber eine richtige statt wie ein Schmetterling herumzunaschen."

Er machte eine schwache, wegwerfende Handbewegung, fuhr fort: „Darüber wollte ich eigentlich nicht reden. Junge, wir sehen uns heute das letzte Mal. Mach oben rechts die kleine Schranktür auf. Unter den Pullovern liegt etwas für dich."

Ich ging zu dem Schrank, öffnete die obere rechte Tür, suchte unter den Pullovern, zog ein rotes Büchlein heraus. ,Sparkasse Köln/Bonn' stand oben in der linken Ecke in weißen Buchstaben. Und darunter in größeren Lettern ,Sparkassenbuch'. Ich sah den Großvater fragend an.

„Ja, ja!" sagte er. „Das ist für dich. Es sind zwar nur 25 000 Euro. Mehr war mir in all den Jahren bei meiner bescheidenen Rente nicht möglich. Aber du hast dann erst einmal für zwei Jahre Ruhe und bist unabhängig vom Geld. Und noch etwas. Öffne die andere kleine Schranktür. Hier findest du ein Album mit allerlei Fotos und Souvenirs. Flugtickets, Hotelquittungen, Eintrittskarten. Ich vermache es dir. Sonst interessiert sich ja niemand dafür. Die Bücher, wenn ich nicht mehr bin, kannst du auch haben. Das ist schon mit deiner Mutter geklärt."

„Und das Sparbuch?" fragte ich. „Wissen die Eltern das?"

„Nein. Die kriegen nix. Die haben mich mit ihren Ermahnungen genug gequält."

4

„Nun heul nicht, mein Junge!" sagte der Großvater. „Das Leben ist so. Es fängt an und hört auf."

In diesem Moment klopfte es an die Tür.

„Deine Mutter", flüsterte der Großvater. „Steck das Sparbuch ein!"

Ich schob das rote Heft in die Hosentasche. Kaum hatte ich es verstaut, öffnete sich auch schon die Tür. Die Mutter kam herein, hatte rote Augen. Ein paar Tränen liefen ihr über die Wangen. Der

Großvater versuchte sich aufzurichten, schaffte es nicht, fiel mit dem Kopf zurück auf das Kissen, sagte aber mit lauter Stimme:

„Wenn ihr hier flennen wollt, schmeiß ich euch raus."

Die Mutter unterdrückte ein Schluchzen, blickte hilflos zur Zimmerdecke hoch. Ich drehte mich zum Bücherregal hin, wischte mir verstohlen mit der Hand über die Augen.

„Hermann", fragte meine Mutter, „kann ich noch etwas für dich tun? Essen willst du ja nichts."

„Bring mir das Morphin und aus eurer Hausbar den Whisky mit zwei Gläsern."

„Ich bring dir nicht das Morphin. Nicht die ganze Flasche. Nur eine Tablette. Whisky? Du weißt, dass du in deinem Zustand nichts trinken darfst."

Hermann lächelte amüsiert, verdrehte die Augen. „Nun geh schon! Mach kein Ammentheater. Ich will mit dem Jungen noch ein Gläschen zum Abschied trinken. In eurem Scheißkrankenhaus geht das ja nicht. Da gibt es noch nicht einmal Besuch."

Meine Mutter schüttelte den Kopf, zögerte. Dann aber ging sie und kam kurz darauf mit dem Gewünschten zurück.

„Das ist sehr unvernünftig", sagte sie. „Aber bitte, wie du willst. Ich lass euch jetzt wieder allein."

„Komm, Junge", forderte mich der Großvater auf. „Schenk ein! Die blöde Pille schluck ich mit dem Whisky. Und tu mir noch einen Gefallen. Hol das Album, schlag die erste Seite auf, nimm das Foto heraus und gib es mir. Ich nehm es mit."

Ich ging wieder zu dem Schrank, öffnete jetzt die linke Tür. Da lag auf einem Stapel Hemden das Album. Ich schlug den Deckel auf, sah direkt das Foto, nach dem der Großvater verlangt hatte. Vorsichtig löste ich es, gab es ihm. Es zeigte meine noch junge Großmutter in einem roten Kleid, wie sie elegant und graziös mit ausgestreckten Armen auf nur einer Fußspitze tanzte.

„Sowas musst du dir suchen, mein Junge", murmelte der Großvater. „Dann hast du fürs Leben genug und willst nichts anderes mehr."

Gedankenvoll hielt der Großvater das Bild in den Händen, betrachtete es. Dann sagte er: „Nein, nein, nimm du es. Kleb es wieder ein. Im Krankenhaus kommt es nur weg."

Er gab mir das Foto zurück. Sein Atem ging jetzt schwer. „Junge", fragte er leise, „kannst du mir noch einen Gefallen tun?"

„Ja", antwortete ich. „Was denn?"

„Du kennst dich doch hier im Haus aus. Bring mir die Flasche mit dem Morphin!"

Ich erschrak. Mir war klar, was der Großvater vorhatte. Ich konnte mir denken, wo das Morphin aufbewahrt wurde. Im Badezimmer der Eltern, im Arzneischränkchen. Die Mutter verwahrte den Schlüssel. Wo, wusste ich nicht. Ich schüttelte den Kopf.

„Das ist weggeschlossen. Ich weiß nicht, wo der Schlüssel ist. Wahrscheinlich trägt die Mutter ihn jetzt bei sich. Ich komm da nicht dran."

„Entschuldige, Junge, dass ich dich damit belaste. Das gibt nur Scherereien. Ich kann ja nicht mehr aufstehen. Die Polizei wird an Sterbehilfe denken. So kann ich nicht von euch gehen."

Zum Abschied beugte ich mich über den Großvater, küsste ihn auf die schweißnasse Stirn. „Danke" sagte ich, „für alles, was ihr für mich getan habt."

Er machte eine Handbewegung zur Tür hin. „Geh jetzt!" sagte er.

Das Album legte ich bei mir auf den Schreibtisch. Ich war nicht in der Lage, es jetzt schon durchzublättern. Das Sparkassenbuch schob ich in die Schublade, warf zuvor einen kurzen Blick hinein. 25 879 Euro und ein paar Cent. Freuen konnte ich mich darüber noch nicht.

Am Vormittag des nächsten Tages wurde der Großvater ins Krankenhaus transportiert. Es gab keine Hoffnung mehr. Der Krebs war zu weit fortgeschritten. Er lag noch ein paar Tage allein auf irgendeinem Zimmer. Niemand von uns durfte ihn wegen Corona besuchen.

Die Philosophiebücher, die ich hatte, waren schlau. Aber auf die wirklich wichtigen Fragen des Lebens gaben sie keine Antwort.

Zum allerletzten Mal sah ich den Großvater aufgebahrt in der Kapelle des Düsseldorfer Südfriedhofs. Vor der Trauerfeier konnte man am offenen Sarg Abschied nehmen. Man durfte wegen Corona nur einzeln antreten und musste selbst dort eine Maske tragen. Der Großvater lag ganz entspannt in der weißen Innenausstattung und schien mir ein rätselhaftes Lächeln im Gesicht zu haben, so als würde er sich freuen, endlich wieder seiner Frau begegnen zu können. Vielleicht war es auch die Freude, dem zunehmenden Irrsinn in der Welt entkommen zu sein. Oft hatte er über die zunehmenden Krisen den Kopf geschüttelt. Klima, Inflation, Corona und Krieg. Dass sich jetzt auch noch die Affenpocken hinzugesellt hatten, hatte er nicht mehr mitbekommen. Ich dachte auch daran, wie er immer über die Digitalisierung geschimpft und sich der Anschaffung eines Computers oder Smartphones verweigert hatte.

„Firlefanz, Entpersönlichung, Überwachung, Manipulation. Terror mit Updates und PIN-Nummern. Wenn ein

Indianer auf sein Pferd steigt, muss er da etwa eine PIN-Nummer eingeben? Alles wird immer enger, regulierter. Als ich das erste Mal Auto gefahren bin, gab es so etwas nicht. Da stand auf einem Schild höchstens ‚München 500 Kilometer'. Ein Indianer ritt frei über die Prärie. Da gab es kein Schild ‚Beim nächsten Kaktus links abbiegen'. So ein Blödsinn! Die Mächtigen der Welt wollen aus dem Menschen einen Automaten machen, der ihnen gehorcht und sich berechnen lässt. Demnächst darfst du nicht mehr bei einer Frau liegen. Die Kinder werden geklont."

Auch was die Gesundheit betraf, ließ sich der Großvater nicht hineinreden, schimpfte über die Mahnungen seiner Tochter, also meiner Mutter, sagte:

„Du willst mir doch bitte nicht mein ‚Diebels Alt' vermiesen. Ich reduziere auch nicht von drei auf zwei Flaschen oder sogar auf nur eine am Abend. Es reicht, wenn ich selbst im Winter zum Rauchen auf den Balkon muss, weil ihr unten in der Wohnung herumschnüffelt, wo angeblich der Qualm hinkommt. Ich rauche, esse und trinke, wie es mir gefällt. Und so ein Handy, damit ihr immer wisst, wo ich bin, könnt ihr euch schon ganz abschminken.

Kommt nicht in Frage! Haltet mich meinetwegen für altmodisch, von Vorgestern oder auch für einen sturen Querdenker. Ist mir egal."

Was den Eltern gar nicht gefiel, war, dass der Großvater selbst im hohen Alter noch an Demonstrationen gegen die Aufhebung des Grundgesetzes teilgenommen hatte. Wie peinlich musste es ihnen gewesen sein, als die Polizei ihn einmal nach Hause brachte.

„Dieser alte Mann", sagten die Beamten, „hat uns als Staatsbüttel beschimpft und er weigert sich, eine Maske zu tragen. Ist er wenigstens geimpft?"

„Der nicht", hatte mein Vater geknurrt, als er ihn an der Haustür in Empfang nahm. Und der Großvater hatte sich da an der Tür noch einmal zu den Polizisten umgedreht, den Zeigefinger erhoben und gesagt:

„Ich brauche keine Impfung. Jedes Virus wird geschockt, wenn man es mit Wodka blockt."

Das mit dem Wodka hatte seine besondere Bewandtnis. Vor der Coronazeit war er täglich in eine Szenekneipe in unserer Nachbarschaft gegangen, um dort mit einem Russen und einem Türken Skat zu spielen. Die Kneipe hieß ‚Zur seligen Vergiftung‘. An der Tür stand: „Zur Begrüßung gibt es den ersten Wodka umsonst." Manchmal hatte ich den Großvater dort abholen müssen. Ich holte dann eine Schubkarre aus der Garage, rollte mit ihr zur Kneipe, führte den Mann, der kaum mehr richtig gehen konnte, heraus, schob ihm draußen die Karre unter den Hintern und sagte: „Lass dich einfach reinfallen! Ich bring dich heim."

Den Eltern waren solche Ereignisse peinlich und die Mutter sagte: „Vater, muss das sein!?" Aber der Großvater winkte nur ab und murmelte: „Ein bisschen Spaß brauch ich auch noch."

7

Was ich im Sarg sah, ließ mich wieder an meinem Philosophiestudium zweifeln. Was half es mir, wenn ich über Wittgensteins ‚logischen Positivismus‘ Bescheid wusste, nicht aber über die letzten, die eschatologischen Dinge des Lebens. Über das ‚Woher‘ und das ‚Wohin‘ des Menschen. In einem philosophischen

Examen hätte ich ehrlicherweise wie der alte Sokrates sagen müssen: „Ich weiß, dass ich nichts weiß." Aber mit so einem Satz kam man bei einem Examen nicht durch.

Gott sei Dank hatte mir der Großvater mit dem Sparbuch finanziellen Aufschub verschafft. So konnte ich mir noch etwas anderes als die Philosophie überlegen. Und insgeheim musste ich dem Vater auch recht geben. Was soll man mit einem Philosophiestudium beruflich anfangen? Gut, ich hätte noch ein zweites Fach hinzunehmen können, an eine Schule gehen, die Kinder und Jugendlichen für ihren weiteren Lebensweg unterweisen. Aber würde man mich in meinem fortgeschrittenen Alter – ich ginge auf die vierzig zu, wenn ich mit allem fertig wäre – überhaupt noch als Referendar nehmen? Heutzutage wird ja in einem blitzschnellen Regelstudium alles absolviert und man hat eine 23jährige, hübsche Blonde – was ja nicht übel wäre – neben sich als Kollegin.

„Nein, nein!" sagte ich mir. „Das mit der Schule ist nichts. Als Kind und Jugendlicher warst du lange genug in der Anstalt. Da kommst du mit 67 erst raus und für die Erfüllung lang gehegter

Träume ist es zu spät. Dann gehst du nur noch spazieren oder radelst den Rhein entlang. Oder schlimmer noch: Wie ein altes Auto fängst du an zu rosten, kommst wegen Arthrose kaum noch aus dem Bett und hast als wichtigste Kontaktperson den Hausarzt."

In meiner Ratlosigkeit – Was soll nur aus mir werden? – fiel mir nichts Besseres ein, als an einem Abend Ende Mai Großvaters Album hervorzunehmen und es durchzublättern. Wie erstaunt war ich, dass nach dem Vorspann der ersten Seiten eine saubere Gliederung nach Orten kam. Athen, Paris, Lissabon. Fotos, bezahlte Hotelquittungen, Flugtickets und Eintrittskarten in Museen, Theater und Opern waren neben Fotos eingeklebt und die Seiten waren mit Datum und Kommentaren versehen. Auch der Vorspann oder das Vorwort enthielt nicht nur alte Fotos, sondern daneben oder darunter tagebuchartige Bemerkungen, die eine Wahl dieser drei Hauptstädte Europas erklärten. Auf der ersten Seite aber, wenn man den ledernen Deckel aufschlug, war das Ballettbild meiner Großmutter. Es nahm fast die ganze Seite ein und bedurfte in seiner Schönheit keiner Erklärung, keines Kommentars. Nur Ort und Datum waren angegeben. Lissabon, Teatro Nacional de São Carlos, August 1963. Die ganze Nacht vertiefte ich mich in Großvaters Album.

8

Für die zweite Seite hatte der Großvater einen Artikel der ‚Düsseldorfer Nachrichten‘ ausgeschnitten und eingeklebt. Das Ballett-Ensemble der Rheinischen Oper führte im Capitol-Theater Mozarts ‚Zauberflöte‘ auf. Ein ‚Tanzabenteuer‘ stand in der Überschrift. Ein Foto in Schwarz-Weiß war dabei. Es zeigte Anna Belowa, also meine Großmutter, in anmutiger tänzerischer Pose. Sie hatte die Rolle der Pamina, der Tochter der Königin der Nacht. Mit Tinte und Ausrufezeichen hatte der Großvater unter den Artikel geschrieben: ‚florale Femininität!‘ Der Ausdruck war ungewöhnlich. Dass der Großvater als einfacher Sattler eine poetische Ader hatte, hatte ich nicht gewusst.

Der Artikel hatte das Datum 3.6.1963. Die Aufführung fand zwei Tage später, an einem Nachmittag, statt. Ich sah auf einem ‚ewigen Kalender' nach. Der 3.6. war ein Montag. Der Tag der Aufführung ein Mittwoch. Das im Capitol und nicht in der Oper aufgeführte ‚Tanzabenteuer', wie der Artikel angab, sollte eine für Besucher zugängliche Probe sein für eine kommende Europareise nach Athen, Paris, Lissabon.

Der Eintrag auf der nachfolgenden Seiten erklärte, was geschehen war. Unter der eingeklebten Eintrittskarte – Hermann musste mit Sitz 18 einen Platz direkt vor der Bühne gehabt haben – befand sich ein längerer Kommentar.

„Welch ein Zufall! In der Nachmittagsvorstellung nur wenige Zuschauer im Capitol. In der Pause erscheint sie im Foyer und stellt sich mit einem Glas Sekt (!) ausgerechnet an meinen Tisch, wo ich alleine war. Sie fragt, wie es mir bisher gefallen hätte. Wunderbar, sage ich. Ich frage sie nach dem Datum der Europareise. Sie sagt es mir. Sie wollen doch nicht etwa kommen? meint sie. Doch! sage ich im Übermut. Sie lacht, glaubt es nicht. Für zehn Tage werde ich die Werkstatt alleine lassen."

Er hatte es tatsächlich gemacht, war zunächst nach Athen und von dort nach Paris geflogen, hatte, wie die in das Album eingeklebten Tickets zeigten, die Aufführungen besucht. Kosten hatte er nicht gescheut, hatte in Athen in einem Vier-Sterne-Hotel logiert, ebenso in Paris. Kommentare gab es zu den Hotelquittungen nicht. Es gab auch keine Fotos von Athen oder Paris. Auch keine Ansichtskarten. Nur eine Kunstkarte aus der Boutique des Pariser Louvre.

9

Eine Ansichtskarte war auf der nächsten Seite eingesteckt. Sie zeigte einen Torbogen, oben mit einer Frauenskulptur, die in beiden Händen Lorbeerkränze hielt. ‚Virtutibus Mayorum ut sit omnibus documento' lautete die Inschrift unter der Figur. Endlich zahlte es sich einmal aus, dass ich auf der Schule neun Jahre Latein abgesessen hatte. ‚Den Tugenden der Vorfahren, damit es allen als Zeugnis diene', lautete die Übersetzung. ‚Triumphbogen der Seefahrer' hatte der Großvater unter die Karte geschrieben. Sie war mit goldfarbenen Fotoecken eingesteckt. Ich löste die Karte vorsichtig, las die gedruckte Information auf der Rückseite. ‚Lisboa, Arco da Rua Augusta‘ stand da. Durch diesen Bogen, vermutete ich, sind wahrscheinlich die berühmten portugiesischen Entdecker gegangen und von Volk und König begrüßt worden. Vasco da Gama zum Beispiel. Warum die Karte ein besonders umfangreiches Kapitel einleitete, zeigte sich auf den nächsten Seiten. Anna Belowa war die Hauptattraktion auf den Fotos. Sie lächelte in die Kamera, manchmal mit einer tänzerischen Pose vor dem Hintergrund des Tejo, der wie ein breiter Meeresarm zu sehen war, dann wieder auf irgendeinem Fährboot, an einer felsigen Küste, wo man die Gischt der Brandung noch erkennen konnte und dann auf einem Balkon im Sonnenlicht, lässig am Geländer lehnend. ‚Die Venus ist aufgewacht‘, hatte der Großvater unter das Foto geschrieben. Auf der nächsten Seite war ohne jeden Kommentar die Quittung für eine Rechnung eingeklebt. ‚Riverside Alfama‘ hieß das Hotel. Der Betrag war aufgeschlüsselt. Drei Nächte im Doppelzimmer für 5400 Escudos, der damaligen portugiesischen Währung. Das waren etwa 500 deutsche Mark. Großvater hatte sich ein Luxushotel geleistet. Hinzu kam eine Rechnung für Getränke, Champagner, 2000 Escudos. Der Fall war klar. Hatte er in Athen und Paris noch alleine übernachtet, so musste es in Lissabon gefunkt haben.

„Schade", dachte ich. „Warum habe ich ihn nie danach gefragt, wie er seine Frau kennengelernt hat? Warum bin ich so maulfaul gewesen? Man müsste sich von den Alten viel mehr erzählen lassen. Fragen, zuhören, nicht so sehr mit sich selbst beschäftigt sein. Jetzt ist es zu spät. Okay, aber immerhin hat er dir das Album vermacht. Da kannst du im Nachhinein so manches erfahren."

Das letzte Foto aus Lissabon zeigte beide gemeinsam. Sie mussten jemanden gebeten haben, die Aufnahme zu machen. Sie standen eng aneinander gelehnt, lächelten sich an, hatten die Arme um die Schultern gelegt. Im Hintergrund war der Tejo zu sehen.

Ich musste dieses Bild lange betrachten und beschloss in dieser Nacht, mich auf keine kurzfristige Affäre mehr einzulassen, nicht mehr wie ein Schmetterling mal diese, mal jene Blüte zu besuchen.

10

Mich nicht fest an eine Frau binden zu wollen, in eine emotionale Abhängigkeit zu geraten, mag von dem Bild herrühren, den Großvater hinter dem Sarg seiner großen Liebe gehen zu sehen. Letztlich verlor man alles. Oder man wurde vorher abberufen und war selber weg. Vielleicht war meine Bindungsscheu auch nur eine faule Ausrede, um mal hier und mal da etwas zu probieren. Gestützt wurde mein Verhalten auch von der Philosophie. Es gab da die Schrift eines Johannes von Tepl. ‚Der Ackermann und der Tod'. Entstanden um 1400, ein Werk der spät-mittelalterlichen Literatur. Ein Ackermann aus Böhmen klagt den Tod an, weil er ihm die geliebte Frau geraubt hat. Auch Gott selbst ist auf der Anklagebank, weil er so etwas eingerichtet und zugelassen hat. Die Empörung des Ackermanns ist heftig. Aus meiner bescheidenen Bibliothek suchte ich mir das Reclamheftchen noch einmal heraus und las die Anklage gegen den Tod.

„Grimmiger Tilger aller Leut, schädlicher Ächter aller Welt, furchtbarer Mörder aller Menschen, Tod, seid verflucht! Gott, Euer Schöpfer, hasse Euch, maßloses Unheil wohne bei Euch, gewaltiges Unglück hause mit Euch: gänzlich entehrt seid für immer! Angst, Not und Jammer verlasse Euch nicht, wo Ihr auch wandert; Leid, Betrübnis und Kummer begleite Euch allenthalben; schmerzvolle Anfechtung, schändliche Angst und schmähliche Feindschaft bezwinge Euch gröblich an jeder Stätte! Unverschämter Bösewicht..."

In meiner Verwandtschaft hatte ich einige Männer in Apathie versinken sehen, nachdem die Frau, mit der sie jahrzehntelang zusammengelebt oder sogar Goldene Hochzeit gefeiert hatten, gestorben war. Umgekehrt schien es etwas anders zu sein. Ging der Mann vorher, verwandelte sich die Frau eher in den Typus ‚fröhliche Witwe'. Woran das lag, habe ich nie ergründen können. Scheinbar waren Frauen lebensfähiger, resistenter und konnten sich eher mit dem Unvermeidlichen abfinden. Ich will nicht zynisch sein. Aber bei manchen, so schien mir, ging das Leben nach dem Weggang des Gatten erst richtig los. War es die Freude an der Freiheit? Ich weiß es nicht.

Nach dem Durchblättern des Albums steckte ich in einem Dilemma. Auf der einen Seite gab es die Sehnsucht, selbst so etwas zu erleben wie der Großvater. Auf der anderen aber gab es die Angst, dass einem das geraubt wurde, was man liebte.

11

Was mein Philosophiestudium betraf, hatte ich mehr die Lust am Denken als am Lernen. Mit anderen Worten: Ich hängte es an den Nagel. Nur mein Lieblingsbuch ‚Trost der Philosophie' las ich noch einmal durch.

„Möge sich das Dunkel trügerischer Leidenschaften zerstreuen durch den Glanz des wahren Lichts!"

Was aber war das? Finanz- und Steuerwissenschaften gewiss nicht. Ich bat den Vater an einem Sonntagnachmittag um eine Unterredung und erklärte ihm, dass ich sein Büro nicht übernehmen könne.

„So? Und stattdessen? Was willst du machen? Du glaubst doch nicht, dass du von der Philosophie leben kannst. Für brotlose Kunst gibt es von mir keinen Cent mehr."

„Die ist nicht brotlos. Ich fliege nach Athen und lerne sie von Grund auf kennen."

„Nach Athen? Was willst du in Athen?"

„Da ist die Wiege der Philosophie. Da hat man sich noch über den Eros Gedanken gemacht."

„So? Und wer bezahlt das? Den Flug, den Aufenthalt und deine Spinnerei?"

„Das kriege ich schon hin."

Der Vater schüttelte den Kopf. „Du bist ja völlig von der Rolle!"

Er erhob sich aus dem Wohnzimmersessel, ging immer noch kopfschüttelnd in die Küche, wo die Mutter gerade Kaffee zubereitete und von wo sie mit einem Stück Erdbeertorte erscheinen wollte.

Ich hörte den Vater sagen: „Der Junge ist verrückt geworden. Rede du mal mit ihm. Der will sein Studium, das scheinbar nie zu Ende geht, in Athen fortsetzen."

Sie kamen beide zurück, ließen mich erst einmal einen Schluck Kaffee nehmen und die Torte probieren. Dann fragte die

Mutter: „Was hast du vor? Habe ich richtig gehört? Du willst nach Athen?"

Ich wiederholte meine Worte von der Wiege der Philosophie und von der Entdeckung des Eros. Jetzt schüttelte auch die Mutter den Kopf.

„Kannst du dir nicht was Anständiges aussuchen? Nimm dir doch den Großvater als Vorbild. Der war bodenständig, hatte eine eigene Werkstatt, immer Aufträge und ist ordentlich durchs Leben gekommen."

„Der hatte auch die richtige Frau", antwortete ich.

Es war kein schöner Nachmittag. Ich ließ ratlose Eltern zurück.

12

Friedensforscher aus Stockholm warnten vor einem neuen Zeitalter der Risiken. Vor einer giftigen, tiefgreifenden und schädlichen Mischung. Dürre, Kriege, Hunger, Armut, Pandemien. Von einer Krise wurde man zur nächsten gejagt. Gerade auch bei den Pandemien. Rinderwahnsinn, Vogelgrippe, Schweinepest, Corona, West-Nil-Virus, Affenpocken. Die Virologen entdeckten stets Neues. Nach den Affenpocken würde der ‚Ententod' kommen oder etwas Ähnliches. Jetzt waren gerade die Omikron Varianten BA4 und BA5, aus Portugal kommend, in Mode. Die Politiker griffen die Warnungen auf, ängstigten die Bevölkerung, konditionierten sie, trieben sie zu Impforgien, die wahrscheinlich das Immunsystem endgültig ruinierten. ‚Boostern' war das neue Zauberwort. Test- und Impfzentren schossen wie die Pilze aus dem Boden.

Ich war noch in einer fröhlichen Zeit geboren worden. 1992. Der Großvater hatte es bei seiner Geburt anders erlebt. 1933. Machtergreifung eines größenwahnsinnigen Idioten, Weltkrieg, Flucht aus Westpreußen, Nachkriegsjahre mit Hunger, aber auch Optimismus, Aufbau einer neuen Existenz. Der Großvater musste krisengefestigt sein. Sonst hätte er nicht die Werkstatt geschlossen, hätte sich nicht auf Europareise begeben, um eine Balletttänzerin zu erobern.

Warum sollte ich es nicht dem Großvater gleichtun, mich in eine persönliche Zeit der Risiken begeben? Was sollte schon passieren? Warnungen sind doch nur dazu da, um einen zu behindern.

Ein fester Brotberuf würde mich von allen Abenteuern fernhalten. Ich säße wahrscheinlich in einer langweiligen Ehe fest mit zwei Wochen Urlaub im Jahr am Gardasee, in Holland oder im Schwarzwald. Und wäre der Brotberuf vorbei, hielten mich Alter und eingeübte Trägheit von allem ab. War die Welt nicht viel zu groß, um sich so etwas anzutun?

„Fang bescheiden an!" sagte ich mir. „Wandel auf den Spuren des Großvaters! Zuerst Athen, um unter griechischem Licht der Atmosphäre antiker Philosophie nachzuspüren. Dann Paris, um zu sehen, ob es immer noch die Stadt der Liebe ist. Und schließlich Lissabon, die weiße Stadt am Tejo. Bevor ich mich in Köln verhocke, will ich wenigstens etwas erlebt haben."

Ein Spruch aus einem deutschen Märchen fiel mir ein. ‚Bremer Stadtmusikanten': „Was Besseres als den Tod finden wir allemale!" hatte der Esel, der geschlachtet werden sollte, zu dem Rotkopf, dem Hahn gesagt.

Ich kündigte in einem Anfall von Leichtsinn gepaart mit Zuversicht mein möbliertes Zimmer, parkte die paar Habseligkeiten, die ich hatte, im Keller eines Freundes, löste das Sparbuch auf, ließ das Geld auf meinem Konto gutschreiben, packte einen Reiserucksack. Am 30. Mai 2022, einem Montag, flog ich vom Köln/Bonner Flughafen um 18.30 Uhr mit Ryanair nach Athen. Als die Turbinen der Maschine ansprangen, der Flieger beschleunigte und sich in die Luft erhob, fühlte ich mich recht wohl. Die Boing 737 drehte eine Schleife über dem Rhein. Ich sah unter mir den Kölner Dom. Irgendwo in dem Häusergedränge lag auch das Haus der Eltern. Eine Wolkendecke wurde durchstoßen. Dann war über mir nur noch der blaue Himmel.

13

Großvater hatte mir auch die Bibliothek seiner Frau vermacht. „Da hast du was Spannendes zu lesen", hatte er gesagt. Aber was sich da angesammelt hatte, interessierte mich wenig. Es war eine ganze Reihe alter Krimis. Edgar Wallace und Agatha Christie. Erfundene und konstruierte Verbrechen und deren obligatorische Aufklärung durch schlaue Kommissare oder gewitzte Detektive weckten nicht meine Leseneigung. Ich hatte mir nur ein einziges Buch mitgenommen. ‚Briefe über die Tanzkunst‘ von einem Jean Georges Noverre. Wie ich dem Vorwort entnahm, stammte es von einem Franzosen des 18. Jahrhunderts. Das Werk lag in einer leicht zu lesenden neuhochdeutschen Übersetzung vor. ‚Anna Belowa, Paris 1963‘ stand vorne auf der leeren, ersten Seite. Hatte sie das Buch in Paris erstanden? Eine deutsche Übersetzung. Kaum. Hatte es ihr der Großvater in einer Pause der Aufführung geschenkt? Möglich. Ein wunderbarer Schachzug. Ich traute es ihm zu.

Sie hatte das Buch gelesen, studiert, zahlreiche Passagen unterstrichen und den Rand mit Anmerkungen versehen. Immer wieder waren die Wörter ‚natürlich und lebendig‘ hervorgehoben und auch die Wendung ‚leidenschaftlicher Ausdruck‘. Innere und äußere Bewegung sollten übereinstimmen. Eine Kunst sollte der Wahrheit nähergebracht werden, sollte den Eindrücken der Natur folgen und mit dem Tanz der Seele das Publikum fesseln. Ein bloßes Herumwedeln mit Händen und Füßen war zu vermeiden. Man sollte sich von dem gemeinen und niedrigen

Ausdruck, den italienische Gaukler nach Frankreich gebracht hatten, entfernen.

„Ein Sinn für Schönheit ist für Stil verantwortlich, verteilt ihn, gibt dem Grazilen seinen Wert und macht es liebenswürdig."

„Eine Geste entspringt aus der Leidenschaft, die sie darstellen soll. Sie ist wie ein Pfeil aus dem Bogen der Seele, den die Sehne der Empfindung abschießt und der seine Wirkung ganz plötzlich entfaltet."

„Lassen Sie uns nicht länger den Marionetten gleichen, die am Draht geführt werden und nur den unwissenden Pöbel täuschen. Wenn unsere Seele die Triebfeder unseres Bewegungsapparates in Gang setzt, dann werden alsbald die Füße und Beine, der Körper, das Gesicht und die Augen richtig spielen und die Wirkung, die diese natürliche Harmonie hervorbringt, wird sich sowohl des Verstands als auch des Herzens gleichermaßen bemächtigen."

Es war nicht nur das Album des Großvaters, das mich zu meiner Reise veranlasste. Bei den unterstrichenen Passagen in Noverres Buch fragte ich mich, bei welcher Bewegung ich eigentlich war. War das Leben nicht ein Tanz? Sollte ich den unnatürlichen Weg eines Steuer- und Finanzstudiums gehen? Sollte ich für eine Zeitung altkluge Artikel über Kultur und Gesellschaft verfassen? Sollte ich in einer Schule Kinder durch die Leistungsmühle drehen? Nein, nein und nochmal nein! Und war es nicht endlich Zeit, Ausschau nach einer Frau zu halten, die mein Herz im richtigen Takt schlagen ließ? Diese Gedanken bewegten mich während des Fluges. Als die Boing 737 ihre Reisehöhe verließ und zur Landung ansetzte, sah ich noch einmal aus dem Fenster. Die Lichter Athens kamen näher. Am dunkler werdenden Himmel zeigte sich die Venus, die der Sichel des Mondes folgte.

14

Das Hotel, in dem Großvater logiert hatte, existierte noch. Es hieß ‚Belle Epoque Suites', lag im Herzen Athens. Vom Flughafen wurde ich vom Hotel-Service mit einem Minibus abgeholt, checkte ein, freute mich über ein luxuriöses Zimmer. Der Großvater hatte an nichts gespart wie ich eben auch. Nur das Doppelbett war etwas zu breit für mich. Ich bediente mich aus der Minibar mit einer Flasche Retsina, ging hinaus auf den Balkon, von wo man einen Blick auf die Akropolis hatte. In der beginnenden Nacht waren die Säulenreihen oben auf dem Felsplateau von Scheinwerfern beleuchtet.

„Na ja", dachte ich. „Hier also soll vor ein paar tausend Jahren die Wiege der europäischen Demokratie und Kultur gestanden haben? Der Demokratie weniger. Der Kultur eher."

Nur vier Jahre nach dem Besuch des Großvaters hatte es in Griechenland eine Militärdiktatur gegeben. Und dem Sokrates hatte man vor ein paar tausend Jahren den Schierlingsbecher gereicht, weil man seine freien Reden auf dem Athener Markt nicht duldete. Eine hochstehende Kultur hatten zu dieser Zeit schon ganz andere Völker, während sich die Germanen noch die Keulen über die Schädel zogen und die Römer unterwarfen, was sich nicht zu wehren verstand. Worin, überlegte ich, sollte überhaupt der vielgepriesene Fortschritt unserer sogenannten modernen Zeit bestehen? In Kultur, Moral, Ethik, freiheitlichem Denken bestimmt nicht. In der Technik? Ja. Aber was sollte dieses immer schneller, immer weiter, immer mehr in unserer doch eher hektischen Zeit? Wäre es nicht genauso schön gewesen, mit einem Esel von Deutschland nach Griechenland zu wandern, statt blitzschnell mit einem Flieger nach Athen zu kommen? Ich ließ die Gedanken vagabundieren und fand keinen Grund, unsere moderne Zeit als fortschrittlich zu loben. Außer ich hätte eine Blinddarmentzündung und müsste mich unter mittelalterlichen oder antiken Bedingungen operieren lassen. Demokratie? Gab es eine Volksabstimmung? Nein. Über die Köpfe hinweg wurde entschieden und reguliert. Man hatte sich, um nicht gesellschaftlich ausgeschlossen zu werden, dem digitalen Zwang zu unterwerfen, wurde zum Boostern getrieben, würde bei der nächsten Coronawelle wieder Masken tragen müssen, konnte nichts gegen die Inflation unternehmen, auch nicht, dass einige Wenige immer reicher wurden, musste sich gefallen lassen, dass im Zuge des Social Distancing das Grundgesetz ausgehebelt wurde. Und so weiter. Der Großvater hatte einmal bemerkt:

„Entweder werden wir von Genies regiert, die uns zum Narren halten, oder von Narren, die es ernst mit uns meinen. Junge", hatte er noch hinzugefügt, „es wird wieder zu viel reguliert, manipuliert, befohlen, überwacht, verboten. Darf ich mit meiner Arthrose Cannabis rauchen? Nein. Früher durfte das jeder Indianer. Stattdessen soll ich mir ein Smartphone zulegen, damit man mich orten und ausforschen kann. Schöne, neue Welt!"

Ich gab dem Großvater recht, holte mir eine kleine, zweite Flasche Retsina aus der Minibar. Betrinken allerdings wollte ich mich nicht. Damit es mir nicht so ergehen sollte wie dem griechischen Ixios, der im Weinrausch die Gattin des Göttervaters unsittlich bedrängte. Zeus gaukelte ihm eine Wolke in Gestalt der Hera vor. Ixios umarmte sie und zeugte eine zweifelhafte Kreatur, den Zentaur. Die griechische Mythologie hatte so einige Kaliber zum Nachdenken drauf. Und musste ich mir nicht auch selber überlegen, ob ich mit meiner Reise nicht dabei war, eine Wolke zu umarmen? Wem oder was jagte ich nach?

Ich schlief lange, verpasste Eos, die Göttin der Morgenröte, erinnerte mich beim Aufwachen an einen seltsamen Traum. Unterhalb der Akropolis lag ein Eisstadion, wo ich mit unsicheren Schritten das Schlittschuhlaufen versuchte.

Während ich auf den Kufen dahinstolperte, erschien in ihrem roten Ballettkleid Anna Belowa, glitt elegant auf mich zu, sprang vor mir eine dreifache Pirouette, nahm meine Hand, drehte mit mir ein paar Runden auf dem Eis. Ich konnte mühelos laufen. Zum Schluss stoppte sie, wirbelte mich im Kreis um sich herum, lächelte und sagte: „Geht doch, Junge!"

Noch etwas benommen von dem Traum verließ ich gegen Elf das Hotel, ging hinaus in das lärmende Treiben der Praxitelous Straße, fand schräg gegenüber dem Hotel eine ruhige Gasse und dort nach ein paar Metern eine Bar, die ‚Migada' hieß. Man konnte drinnen oder draußen sitzen. Ich ging hinein. Es gab gemütliche Nischen mit Tischen, eine Bartheke. An den Wänden hingen Bilder vom Segeln. Ich schob mich auf einen

Barhocker, bestellte mir bei der Bedienung einen Kaffee. Ich hatte ein paar Brocken Neugriechisch gelernt. Aber einen Kaffee zu bestellen, ist international kein Problem. Man wird überall verstanden. Ich hatte ein kleines Sprachlexikon mitgenommen, kannte von der Schule her, wo ich sechs Jahre Altgriechisch gelernt hatte, noch die Zeichen des Alphabets, die eine Weiterentwicklung der phönizischen Schrift waren. Alpha, Beta, Gamma usw. Mir hatte das Altgriechische damals Freude gemacht. Wir lasen Platon und Homer im Original. Viele Wörter haben noch die gleiche Bedeutung. Allerdings ist die Aussprache im Neugriechischen eine ziemlich andere, so dass, wer Altgriechisch kann, noch lange nicht das gesprochene Wort versteht.

Während ich den starken griechischen Kaffee trank, fiel mein Blick auf einen Spruch an der Wand. Da stand neben einem Bild vom Segeln:

„Οι ωκεανοί δεν είναι τα εμπόδια, αλλά οι δρόμοι. Thor Heyerdahl"

Mit Hilfe des Lexikons übersetzte ich mir das. „Die Ozeane sind nicht die Hindernisse, sondern die Straßen."

Ich dachte an meine vagabundierenden Gedanken vom Abend zuvor. An dieses Unbehagen mit der westlichen, allzu regulierten Lebensweise, den überhand nehmenden Vorschriften und Verboten, dem Gelenkt- und Manipuliertwerden. Wie tröstlich war da dieser Spruch! Traf er nicht auch auf mich zu? Statt in die Finanzwelt des Vaters einzutreten, auf engen Straßen zu laufen, hatte ich mich für diese Reise entschieden. Freilich, was in dem Spruch von Heyerdahl nicht stand: Ozeane konnten auch verdammt gefährlich sein. Sie so einfach zu überqueren und am Ziel anzukommen, war nicht einfach. Es bedurfte nicht nur des Mutes, sondern auch des Wissens und der Ausrüstung. Und eben auch des Zieles. Genau das hatte ich eigentlich nicht, wusste überhaupt nicht, was aus mir werden sollte. Und einen göttlichen Beistand, wie er dem Odysseus auf seiner Irrfahrt in Gestalt der Athene zuteil geworden war, sah ich auch nicht. Mir fiel nur ein, dass ich bald mit den Eltern telefonieren musste. Denn ab und zu klingelten sie an meiner Wohnung. Der Vater wollte den Stand des Studiums wissen. Die Mutter holte Wäsche ab. Aber dieses Mal fehlte mein Name auf dem Klingelschild. Sie würden sich Sorgen machen. Wo ist der Junge geblieben?

Ich bestellte mir einen zweiten Kaffee, beschloss, das Telefonat auf den Abend zu verschieben, mit Blick auf die Akropolis die heimische Nummer zu tippen. In einem Supermarkt unweit des Hotels deckte ich mich mit Retsina ein, den ich in meiner Minibar kühlen konnte. Hatte ich Hunger, würde ich in das ‚Migada' gehen, wo sie nicht nur Getränke, sondern auch zu einem akzeptablen Preis ‚Ethnic Street Food' anboten. Natürlich wollte ich meine Zeit in Athen nicht nur einfach verhocken. Auf dem Programm des ersten Tages stand ein Besuch der Akropolis.

16

Alte Steine erzählen alte Geschichten. Sie sind wie eine Bühne, auf der ein Spiel der Vergangenheit stattgefunden hat. Durch Imagination kann man die Kulisse wieder beleben. Gegen Mittag ließ ich mich mit einem Taxi zur Akropolis fahren, flanierte zwischen den Säulenreihen, deren klassische und formschöne Baukunst sich manche deutsche Großbank zu eigen gemacht hatte. Die Wiederbelebung all der Geschichten, die sich auf der Akropolis und um sie herum abgespielt hatten, hätten allerdings des Studiums eines umfangreichen Geschichtswerkes bedurft. Mich interessierte an diesem Tag aber nur eine Geschichte. Ich suchte und fand in einer versteckten Nische abseits des Touristenstroms den Olivenbaum, den man der Göttin Athena geweiht hatte, setzte mich in den Schatten des knorrigen Stammes, sah im flimmernden Licht der Mittagshitze die Blätter der Krone silberhell leuchten. Ab und zu bewegten sie sich in einem leisen Windhauch. Hier mochte Sokrates, den man meist barfuß und selten in Schuhen gesehen hatte, die Geschichte aus Platons ‚Gastmahl' erzählt haben.

Ein Freundeskreis trifft sich in Athen zu einem Festessen bei einem Mann namens Agathon. Es soll dieses Mal kein Weingelage werden. Dem Sokrates indes hätte der Wein nichts ausgemacht. Es hieß von ihm, er trinkt, so viel man ihn trinken heißt, und er bleibt doch um nichts weniger nüchtern. Und es hieß auch von ihm, er sei vollkommen ähnlich jenen

Silenen, die mit Querpfeifen oder Flöten im Mund bei den Bildschnitzern zum Verkauf ausgestellt sind. Teilt man die Figuren, so enthalten sie inwendig Bildnisse von Göttern.

Die Freunde beschließen ein Gespräch über Liebe und Erotik. Jeder soll mit seiner Rede einen Beitrag leisten. Die ersten widmen sich dem Amor als einem der vorzüglichsten göttlichen Wesen, schildern, was Liebe an Gutem vermag und wann sie gefährlich oder auch gemein, unedel wird.

Als vorletzter Redner erklärt Aristophanes, die Menschen seien früher kugelförmig gewesen, eine Verbindung zwischen einem männlichen und einem weiblichen Teil, eine Art Zwitter. Durch diese Verbundenheit seien sie schließlich so stark und mächtig geworden, dass es die Götter mit der Angst zu tun bekamen und die Kugel in zwei Hälften zerteilten. So wie man ein Ei mit einem Haar zerschneidet. Seitdem suchten sich die Hälften, um die Einheit wiederzugewinnen. Denn als Kugelhälfte kann man schlecht rollen und rumpelt nur noch. Damit die Hälften sich finden können, tritt der Gott Amor auf die Bühne.

Als letzter Redner ist Sokrates an der Reihe. „Nee, nee", sagt er. „Amor ist gar kein Gott. Er ist ein Dämon. Ein Wesen mit einer vermittelnden Aufgabe zwischen den Menschen und den Göttern. Ein Dolmetscher, ein Unterhändler zwischen diesen Welten. Wisst ihr überhaupt, wie er gezeugt wurde? Also: Bei der Geburt der Venus gab es ein Freudenfest der Götter. Unter ihnen befand sich auch Porus (der Überfluss), der Sohn der Metis (der Klugheit). Nach der Mahlzeit kam Penia (der Mangel, die Armut) an die Türen, in der Hoffnung auch etwas für sich zu erhaschen. Porus, berauscht vom Nektar, ging in den Garten und fiel in einen tiefen Schlaf. Penia benutzte die Gelegenheit, legte sich zu ihm. So wurde ein Sohn gezeugt, eben der Amor. Da es das Freudenfest zur Geburt der Venus war, wurde Amor ihr Diener. Er ist ein Freund des Schönen, weil seine Gebieterin schön ist. Von seinen Eltern hat er vielfältige Eigenschaften geerbt. Als Sohn der Penia ist er arm, ohne Schuhe, ohne Haus, ohne Bett, unter freiem Himmel schlafend. Nach der Natur seines Vaters ist er leidenschaftlich für alles Gute und Schöne. Aber er ist auch ein gefährlicher

Schwarzkünstler und Zauberer. Dieser Dämon als Mittler zwischen den Welten, der menschlichen und der göttlichen, soll zum immerwährenden Besitz des Guten verhelfen. Daraus ergibt sich von selbst, dass die Liebe auch die Unsterblichkeit zu ihrem Gegenstand hat."

Ich mochte die kühne Erzählung des Sokrates.

17

Ich saß lange unter dem Baum, dessen Stamm jetzt am späten Nachmittag einen längeren Schatten warf und schon schien sich in der stärkeren Bewegung der silberhellen Blätter der erste Abendhauch anzukündigen. Ich dachte an die Reise des Großvaters, der im Liebesrausch ein kleines Vermögen geopfert hatte. Welch wahnwitzige Idee, einer Balletttänzerin auf ihrer Tournee zu folgen. Die Suiten des ,Belle Epoque' waren gewiss schon zu DM-Zeiten nicht billig gewesen. Mit welchen Gefühlen hatte er dort übernachtet, war dann am Abend ins Griechische Nationaltheater gefahren, um sich zum zweiten Mal die tänzerische

Aufführung der ‚Zauberflöte' anzusehen? Er musste vorne in der ersten Reihe gesessen haben, hatte Augen nur für Anna Belowa. Hatte sie ihn auch wahrgenommen, war überrascht, dass er seine Ankündigung in die Tat umgesetzt hatte? Hatten sich die Beiden dann während der Pause im Foyer getroffen oder etwa nach der Aufführung, waren noch unterwegs gewesen im nächtlichen Athen? Oder war der erste Abend ergebnislos gewesen und der Großvater hatte Zweifel gehabt wegen der kühnen Reise, hatte sich überlegt, das Unternehmen abzubrechen? Oder hatte er unerschütterlich an den Erfolg geglaubt? Ich bedauerte, dass ich ihn nicht mehr fragen konnte und zu seinen Lebzeiten nie die Frage gestellt hatte: „Wie habt ihr euch eigentlich kennengelernt?" Was hätte er geantwortet? Oder Anna Belowa, die in meinem Gedächtnis nur als gemütliche und liebevolle Großmutter in Erinnerung war. Verständliche Versäumnisse der Kinder- und Jugendzeit. Hätte ich eine detaillierte Antwort bekommen? Jetzt musste das Album mit seinen Fotos, den Ansichtskarten, den sparsamen Anmerkungen und den eingesteckten Rechnungen und Tickets herhalten. Auch meine Eltern hatten nie ein Wort darüber verloren.

Bei dem Gedanken an das Telefonat mit dem Vater oder der Mutter befiel mich neben einigen Bedenken auch der Übermut. Warum telefonieren? Genauso gut konnten sie doch im Zeitalter des digitalen Unwesens eine SMS erhalten oder eine längere Email mit ein paar passenden Zitaten aus Eichendorffs ‚Taugenichts'. Die Lektüre war mir noch lebhaft in Erinnerung. In einem Athener Internetcafé konnte ich mir den Text auf den Bildschirm rufen und die Passagen, die mir gefielen, kopieren und in Sekundenschnelle zuschicken. Das hatte den Vorteil, nicht von Vorwürfen und Sorgen belästigt zu werden. Die Idee fand ich so gut, dass ich am späten Nachmittag in eine der Taxen stieg, die vor der Akropolis warteten, und mich von dem Fahrer, der sich auskannte, zu einem Internetcafé fahren ließ. Er brachte mich zum Omonia Square, wo das Skynet Center war. Hier rief ich mir beim ‚Projekt-Gutenberg' die launige Novelle Eichen-dorffs ‚Aus dem Leben eines Taugenichts' auf den Schirm, kopierte Passagen und verschickte sie als Email.

„Das Rad an meines Vaters Mühle brauste und rauschte schon wieder recht lustig, der Schnee tröpfelte emsig vom Dache, die Sperlinge zwitscherten und tummelten sich dazwischen; ich saß auf der Türschwelle und wischte mir den Schlaf aus den Augen; mir war so recht wohl in dem warmen Sonnenscheine. Da trat der Vater aus dem Hause; er hatte schon seit Tagesanbruch in der Mühle rumort und die Schlafmütze schief auf dem Kopfe, der sagte zu mir: Du Taugenichts! Da sonnst du dich schon wieder und dehnst und reckst dir die Knochen müde und lässt mich alle Arbeit allein tun. Ich kann dich hier nicht länger füttern. Der Frühling ist vor der Tür, geh auch einmal hinaus in die Welt und erwirb dir selber dein Brot. – Nun, sagte ich, wenn ich ein Taugenichts bin, so ists gut, so will ich in die Welt gehn und mein Glück machen."

„Bin in Athen", schrieb ich als Schlusswort. „Ist schön hier. Liebe Grüße, euer Jakob."

Der Taugenichts nimmt seine Geige, wandert in die Welt, trifft unterwegs eine Kutsche, in der eine Prinzessin sitzt. Ein märchenhaftes Glück, das mir allerdings bisher verwehrt war. Zurück im Hotel beschlichen mich ein paar Zweifel, aber die Mail war nun einmal abgeschickt und ließ sich nicht zurückrufen.

18

Ich wartete auf eine Reaktion der Eltern, auf einen Anruf oder eine Mail, schaltete mein Smartphone ein. Aber es war nur das Übliche. Google bombardierte einen mit Nachrichten, die man nicht lesen wollte. Die deutsche Kassandra, der Gesundheitsminister, prophezeite die nächste Coronawelle und der Chefvirologe des RKI versprach einen ‚quälend langen Winter‘. Neue Impfstoffe gegen die Omikron-Varianten wurden von der EMA, der europäischen Zulassungsbehörde, im Schnellverfahren durchgewunken. Mit Angst wurde man manipuliert. Hätte Kolumbus, von Sicherheitsbedenken geleitet, Amerika entdeckt? Nein. Es hätte nur zu einer Hafenrundfahrt gereicht. Ich musste an Homer denken und an das Trojanische Pferd. Und auch an den Großvater und seinen Spruch, dass wir von Narren regiert werden. Schlimm an dieser Geschichte war, dass darüber die Menschen selber närrisch wurden und dass man keine Coronapandemie hatte, sondern eine Pandemie der Dummheit. Das wahre Übel, das wahre Virus, das durch die Welt geistert, so dachte ich, ist die Profitmaximierung. Auf der einen Seite wuchs die Zahl der Millionäre und Milliardäre, auf der anderen versanken die Menschen in Not, Armut und Verhaltensanomalien. Die Welt war eine weitläufige Psychiatrie geworden.

Spät am Abend, als die Säulen der Akropolis schon von Scheinwerfern bestrahlt wurden, verließ ich das Hotel, widerstand der Versuchung mich in den verwinkelten Gassen Athens nach einer willigen Frau umzusehen, ging stattdessen in das ‚Migada', saß draußen, bestellte mir einen Kaffee und überlegte, wie damals der Großvater in das Nationaltheater an der Odos Agiou Konstandinou gefahren war, um Anna Belowa zu sehen. Hatte sie ihn, der in der ersten Reihe saß, von der Bühne aus entdeckt, sich gewundert, dass er sein Versprechen wahrgemacht hatte? Hatten sie sich gar nach der Vorstellung getroffen oder war das erst in Paris oder mit Sicherheit dann in Lissabon geschehen? Ich bewunderte ihn für seinen Mut, seine Verliebtheit und den schönen Sinn seiner Reise. Ich dagegen hatte nur unter einem Olivenbaum gesessen, der der Göttin Athena, der Eulenäugigen, geweiht war. Zum Abschied hatte ich den Stamm, der sich über meinem Kopf gabelte, umarmt und mir gewünscht, dass sie mir auch wie dem Odysseus zur Seite stehen möge. Der zürnende Gott Poseidon hatte den Mann aus Ithaka zehn Jahre über das Meer getrieben, bis er endlich zu Hause ankam. Wo würde meine eigene Reise, die kein fest umrissenes Ziel hatte, enden? Ich wusste nur, was zu vermeiden war. Nämlich die Nachfolge in einem ungeliebten Finanzunternehmen anzutreten. Der Vater würde mir wie damals Poseidon dem Odysseus zürnen und nicht verstehen, wie ich sein Angebot hatte ausschlagen können. Irgendwann wäre das Geld des Großvaters ausgegeben. Und dann? Ich wusste es nicht.

19

Gegen Zehn am nächsten Morgen wachte ich auf, machte mir einen Kaffee, setzte mich auf dem Balkon in die Sonne. Neben mir war eine meterhohe Staude mit geöffneten, purpurfarbenen Blüten. Ich bewunderte die Bienen, die zielgerichtet und wie selbstverständlich die innen gelegenen Stempel ansteuerten und emsig gelbe Pollen sammelten. Ab und zu schaukelte ein Schmetterling herbei und ließ sich ebenfalls auf einer Blüte nieder. Noch das kleinste Insekt gehörte bei mir zu den Wunderwerken der Natur, zu einem Mikrokosmos, dem man mit Achtung begegnen musste. Deswegen hatte ich schon als Kind frühmorgens Käfer, die im Swimmingpool der Eltern gestrandet waren und hilflos auf der Wasseroberfläche paddelten, mit einem Netz herausgefischt und in einem Gartenstrauch abgesetzt. Bei dem fleißigen Spiel der Bienen bedauerte ich, dass mir der liebe Gott nicht den Instinkt eines selbstverständlichen Lebensweges einge-pflanzt hatte. Im Gegensatz zu den Bienen trudelte ich herum, hatte an einem Studium der Philosophie genascht, hatte als Instinkt eigentlich nur die Sehnsucht nach Liebe im Leib. Aber das war offensichtlich nicht genug, um an einer

gesicherten, bürgerlichen Existenz teil-
zuhaben.

Um Elf rief die Mutter an. „Junge, was
machst du nur? Warum bist du in Athen?
Musst du deinen Vater mit so einer
seltsamen Mail aufregen?"

„Aufregen? Ich wollte nur sagen, wie
mir zu Mute ist."

„Ja und jetzt? Willst du nicht das Kölner
Kolleg besuchen, BWL studieren und in
zwei oder drei Jahren das Büro
übernehmen?"

„Nein, das ist nichts für mich."

„Und was dann?"

„Weiß ich noch nicht."

„Ach, Junge, mach uns keinen Kummer!
Andere in deinem Alter wissen, was sie
wollen. Du hast noch nicht einmal eine
feste Freundin."

„Die kommt noch", behauptete ich.
„Dein Vater hat schließlich auch etwas
Schönes gefunden."

„Du meinst den Großvater? Aber der
hatte einen sicheren Beruf. Danach erst ist
er auf Brautschau gegangen. Du suchst
doch keine Frau, die dich ernährt. Was
willst du in Athen finden?"

„Echte Philosophie. Jedenfalls die
Atmosphäre dazu."

„Hast du doch auch in Köln. Hör auf deinen Vater. Er meint es gut mit dir."

„Die Weisheit der Welt ist Torheit vor Gott."

Ein paar Sekunden Schweigen. Dann: „Wo hast du das denn her?"

„Paulus an die Korinther. Die wollten auch immer alles besser wissen."

„Junge, komm zurück und geh bitte auf die IU in Köln. Der Vater ist sonst nicht mehr gewillt, dich zu finanzieren. Also, wann kommst du zurück?"

„Ich fliege erst einmal nach Paris."

Ich hörte einen tiefen Seufzer und zum Abschluss die Worte: „Bitte überleg dir alles noch einmal! Ich weiß sonst nicht, wie ich dir helfen kann."

20

So selbstbewusst und unbekümmert, wie ich mich gegenüber der Mutter gegeben hatte, war ich in Wirklichkeit nicht. Ich hatte Zweifel an meinem Unternehmen. Die Sorgen der Eltern mochten berechtigt sein. Ein verbummelter Student, der von den Rösselsprüngen der modernen Philosophie nichts hielt und sich stattdessen lieber der Antike und dem Mittelalter zuwandte. Ein Narr des Nachdenkens und Nachsinnens, der in der digitalen Gesellschaft der Jetztzeit nichts zu suchen hatte und wie ein Don Quijote gegen Windmühlen kämpfte. Wo würde das enden?

In Athen jedenfalls hatte ich einen wunderbaren Moment unter dem Olivenbaum der Athena. Ließ sich das noch steigern? Und so hatte ich keine Lust, mich wie ein Tourist auf Sightseeingtour zu begeben, ließ Ausflüge in die Umgebung sausen, nach Marathon, Sounion, Delphi, Mykene, Epidaurus, das dem Asklepios, dem Heilgott geweiht war und wo in einem antiken Theater die Dramen menschlichen Fühlens und Handelns aufgeführt wurden. Die Ärzte der Antike, die Geist und Körper noch als Einheit sahen, hielten den Besuch dieser Schauspiele für therapeutisch hoch wirksam. Heute schieben die Mediziner einen nur noch in die Röhre und veranlassen einen zu Impforgien.

Auch Schliemanns Ausgrabungsfunde in einem Museum Mykenes mochten mich nicht reizen. Etwa die Goldmaske des Agamemnon. Aber statt mir das anzuschauen, hätte ich lieber mit dem Kerl selbst gesprochen. Einen Moment hatte ich allerdings gezögert, mir in Mykene wenigstens die Heilschlafhallen anzusehen, wo die Pilger der Antike sich nach der Einnahme von Rauschmitteln zum Schlafen niederlegten, damit ihnen im Traum oder Rausch ein Gott erschiene und Weisung gebe. Aber die Hallen, abgesehen von fotografierenden Touristen, würden leer sein. Da lag kein Pilger mehr, den ich nach seinen Erfahrungen befragen konnte.

Nach Museen und antiken Ruinen war mir nicht zumute, und auch einen Ausflug in das nahe Piräus ließ ich aus. Sicher, ich hätte sinnend in einem Café am Hafen sitzen und an Melina Mercouris Lied denken können „Ein Schiff wird kommen…" So blieb ich also nur drei Tage in Athen, buchte einen Flug nach Paris mit Aegean-Airlines, hatte jedoch keine Ahnung, was ich in der angeblichen Stadt der Liebe anstellen sollte. An Paris hatte ich eher eine unangenehme Erinnerung. Es war im November 2015. Da hatte mich eine Freundin überredet, mit ihr nach Paris zu kommen. Für drei Tage. Als wir frühmorgens mit dem Thalys im Gare du Nord ankamen, wimmelte der Bahnhof von Soldaten und Polizisten mit Maschinenpistolen. Andauernd hörte man Tatütata. Eine bedrückende Nervosität und Ängstlichkeit lagen über der Stadt. Am Abend zuvor war der Bataclan-Anschlag passiert. Aber das war jetzt sechseinhalb Jahre her. Paris mochte wieder anders sein. Aber Stadt der Liebe? Wohl kaum. Und auch die Zeit der Musiker, Maler, Philosophen und Dichter des angehenden 20. Jahrhunderts würde ich nicht mehr treffen können. Keinen James Joyce und keinen Samuel Beckett. Die Belle Époque war vorbei. Das moderne Leben würde von Paris Besitz ergriffen haben.

21

Noch fast in der Nacht, kaum dass sich Eos, die Göttin der Morgenröte angekündigt hatte, fuhr ich mit der Metro zum Internationalen Flughafen Eleftherios Venizelos, trank dort meinen ersten Kaffee, begab mich zum Check-In, brachte die zunehmend umständlicher gewordene Sicherheitsprüfung hinter mich und stieg endlich in die Maschine der Aegean-

Airlines. Dank griechischer Gelassenheit musste man während des Fluges keine Maske tragen. Während Paris näher kam, dachte ich an den seltsamen Aufenthalt vor sechseinhalb Jahren und die nervöse Unruhe der Stadt.

Ich dachte an die Affäre mit Louise, einer Kölner Studienrätin. Ich hatte, um Rousseau im Original lesen zu können, per Nachhilfestunde mein Französisch auffrischen wollen. Louise war 42. Ich damals gerade 24. Sie war eine zierliche, recht hübsche Blondine mit all den Anzeichen reifer Weiblichkeit, was ich besonders liebte. Ich finde gerade ältere Frauen durchaus attraktiv, während ich mit den jüngeren immer recht wenig anfangen konnte. Es war an einem Freitagnachmittag. Ich erinnere mich noch genau an das Datum, 13. November, der Anschlag auf den Musikclub Bataclan. Ich war bei Louise, noch in aller Unschuld, wir hatten im Lehrbuch eine neue Lektion begonnen. Da meinte sie auf einmal:

„Jakob, was hältst du davon, wenn du mich für ein Wochenende nach Paris begleitest? Wir nehmen den Nachtzug und sind am frühen Morgen da. Ich kenne ein schönes, auch preiswertes Hotel, das ‚Coco

Mademoiselle'. Am Sonntagabend fahren wir zurück."

Ich war überrascht, sagte aber spontan zu. Von dem Pariser Attentat haben wir erst bei der Ankunft am Morgen erfahren. Aus dem Hotel sind wir dann kaum herausgekommen, weil wir den Französisch-Unterricht in besonderer Weise fortsetzten. Die Affäre mit Louise endete erfreulich unspektakulär. Nur drei Wochen später erklärte sie mir:

„Jakob, ich werde heiraten. Mit dir geht das nicht."

„Wen denn?" fragte ich.

„Einen Sportkollegen, der neu an der Schule ist."

Ich war nicht beleidigt, sagte nur:

„Meinetwegen. Ich wünsche dir viel Glück zum neuen Leben."

„Dir ist aber klar, dass wir uns dann nicht mehr treffen können", meinte sie. „Den Nachhilfe-Unterricht müssten wir einstellen. Wenn du meine ehrliche Einschätzung hören willst: Du bist auch einfach zu faul, um neue Vokabeln zu lernen. Es ist für dich kein Verlust."

„Okay", kommentierte ich lakonisch. „Dann lese ich den Rousseau eben in der deutschen Übersetzung."

22

Ich flog mit gemischten Gefühlen nach Paris, hatte keine großen Erwartungen. Die Metropole an der Seine würde genauso hektisch sein wie andere Großstädte der Welt. Und die Liebe hatte sich höchstens im französischen Chanson erhalten. Bei dem Kölner Professor Harald Konzelmann hatte ich einmal eine Vorlesung gehört über die zunehmende Unruhe der Welt. Hatte die Antike noch das Ideal der Seelenruhe, so war es damit in meiner Zeit endgültig vorbei. Damals konnte ein Epikur noch sagen: „Ich brauche nichts als Feigen, Wein, Ziegenkäse, ein gemütliches Gärtchen und ein paar Freunde." Heute hieß es: weiter, höher, schneller, raffinierter. Stress und Krisen waren vorherrschende Begriffe. Psychothera-peuten hatten Hochkonjunktur. Eine Veränderung jagte die andere. Ich dachte zum Beispiel daran, wie der Vater sich stolz einen Pellet-Ofen über WLAN-Router internettauglich gemacht hatte.

„Ich kann dann, wenn wir unterwegs auf dem Heimweg sind, per Smartphone vorheizen. Das ist sehr praktisch", hatte er geschwärmt.

Ich dagegen hatte dazu gemeint: „Bei den Indianern war es schöner. Da hat der Mann gesagt: ,Weib, schau bitte am nächsten Tag bei der beginnenden Abenddämmerung zum Horizont. Siehst du mich über die Prärie heranreiten, mach das Lagerfeuer an!'"

Der Vater hatte den Kopf geschüttelt und gesagt: „In welcher Welt lebst du eigentlich!?"

So gab es viele Bespiele für digitalen Unfug. Man könnte gerade in unserer Zeit einen neuen Don Quijote erfinden, der nur noch analog leben und handeln will. Man stelle sich seine Schwierigkeiten, sein Scheitern vor. Er geht zum Beispiel persönlich zum Finanzamt, sagt zu dem Beamten: „Elsterformular mach ich online nicht. Geben Sie mir bitte Papier!" Ebenso schreibt er noch Briefe, geht damit zur Post, kauft eine Briefmarke. Wird der Bezug der Marken digital umgestellt, ist es mit der Herrlichkeit des Schreibens auf besonders schönem Papier vorbei. Kann man an der Kasse des Supermarktes nur noch mit Karte bezahlen und er soll sie in das Gerät schieben und seine PIN-Nummer eingeben, wird er sagen: „Karte? Hab' ich nicht." Und er wird fragen: „PIN-

Nummer? Was ist das?" Diesem modernen Don Quijote droht also der Hungertod. Auch mit einem selbstfahrenden Auto und der ganzen Elektronik kommt er nicht zurecht. Viel lieber würde er reiten oder mit einem Esel gehen. Aber das wäre auf den Straßen verboten.

Für meinen Aufenthalt in Paris hatte ich natürlich nicht, um nicht in sentimentale Wünsche zu fallen, das ‚Coco Mademoiselle' gebucht, sondern wie damals der Großvater das im klassizistischen Stil gebaute ‚Port Royal' im Quartier Latin. Es war zwar sündhaft teuer, aber ich wollte nicht lange bleiben, mir höchstens ein paar Bilder im Louvre ansehen, den ich vom Hotel zu Fuß erreichen konnte.

23

Das ‚Port Royal' war ein altes Hotel. Kein blitzender Luxus, aber eine charmante Gemütlichkeit. Ich hatte ein zitronengelb gestrichenes Zimmer mit orangefarbenen Vorhängen an den Fenstern des Balkons. Von dort sah ich auf der anderen Straßenseite einen Super-markt, wo ich mir für den Abend eine

Flasche Bordeaux kaufen und mich in eine gemütliche Laube des Hotelgartens setzen würde. Ob der Großvater auch dort gesessen hatte, vielleicht hier schon mit Anna Belowa, die doch noch mehr als in Athen erstaunt sei musste, dass er nach Paris gekommen war, um ihr beim Tanzen zuzusehen? Spätestens hier musste sie gemerkt haben, dass es nicht die Begeisterung für die ‚Zauberflöte' war, sondern dass es allein um sie ging. Dem Billett im Fotoalbum hatte ich entnommen, dass er es schon wieder geschafft hatte, in der ersten Reihe, ziemlich nahe an der Bühne zu sitzen. Wahrscheinlich hatte er nur Blicke für sie gehabt, wie sie in ihrem roten Kleid herumwirbelte, Pirouetten drehte, eine Arabesque und Allongé vorführte, eine Ailes de Pigeon, den Taubenflügel, eine Balancé, den Walzerschritt mit Wechsel des Spielbeins oder eine Ballonné, den Sprung auf einem Bein. Für sie musste es eine Ehre sein, in der Pariser Opéra auftreten zu dürfen.

In der bescheidenen Bibliothek des Großvaters hatte ich auch einen Roman gefunden. ‚Die Tänzerin von Paris'. Er handelt von Lucia, der Tochter des Dichters James Joyce. In der Pariser

Bohème wurde sie als Tänzerin gefeiert, bis sie in Liebe, Tanz und Wahnsinn unterging. Das Werk ihres weltberühmten Vaters, den ‚Ulysses‘, einen 800 Seiten umfassenden Roman, hatte ich zu lesen versucht, bekam jedoch nach ein paar Seiten den Eindruck, dass er das Buch bekifft geschrieben hatte. Ich kam nicht bis zum Ende. Diese Dinge fielen mir am Abend in der Gartenlaube des ‚Port Royal‘ ein. Ich mag Joyce Unrecht tun. Es wird an mir gelegen haben, dass ich das Buch nicht zu Ende lesen konnte. Ich bemühe mich, ein Philosoph des gesunden Verstandes zu sein. Bevor ich ein weiteres Werk von Joyce, nämlich ‚Finnegans Wake‘ anfasse, vergreife ich mich eher an Goethe.

Den ersten Tag in Paris verbummelte ich im Hotel, hatte keine Lust, mich in die nahegelegene Metrostation zu begeben, um irgendwohin zu fahren und einer touristischen Neugierde, die ich sowieso nicht hatte, Genüge zu tun. Für den nächsten Tag aber nahm ich mir vor, wenigstens den Louvre zu besuchen. Ich hoffte, dort Bilder von Edgar Degas zu finden, den man auch ‚Maler der tanzenden Mädchen‘ nannte. Seine Gemälde mit diesem Motiv waren anmutig und zahlreich, Meisterwerke einer beeindruckenden Kunst. Ob sie von Kritikern als impressionistisch oder realistisch bezeichnet wurden, war mir egal. Die Hauptsache sie gefielen mir, waren schön. Wegen Leonardo da Vincis ‚Mona Lisa' würde ich den Louvre nicht besuchen. Ich verstand nicht, warum das Bild wie ein Augapfel gehütet wurde und viele Millionen wert war. So geheimnisvoll und unergründlich war das Lächeln der Dame nicht. Und unbedingt schön war sie auch nicht. Da war die Frau, die der Großvater umworben hatte, erheblich attraktiver.

Es war ein warmer Abend mit einem klaren Himmel. In der Dämmerung erschien hoch über den Dächern von Paris die blasse Silhouette des Sichelmondes. Ich saß mit einer Flasche Bordeaux allein auf der Laubenbank und träumte von einem andalusischen Mädchen mit einer Rose im Haar.

24

Am nächsten Morgen ging ich vom Quartier Latin zu Fuß zum Louvre. Es waren etwa drei Kilometer. Ich wollte die Metro meiden, den Gang in das unterirdische Tunnelsystem, den Einstieg mit einem Heer mürrischer Arbeitssklaven in einen überfüllten Zug. Meiden wollte ich auch den Anblick der Bahn, wenn sie aus dem Dunkel auftauchte wie der Cerberus aus dem Hades. Der Gang durch das morgendliche, hektische und wuselige Paris hatte wahrlich nicht den Hauch einer Stadt der Liebe. Ich dachte an den Dichter Heinrich von Kleist, der mit seiner Schwester Ulrike 1801 Paris besuchte und enttäuscht war von der unpersönlichen Stadt. Ich erinnerte mich genau an jene Stelle aus einem Brief, in dem er schreibt:

„Man geht kalt aneinander vorüber, man windet sich in den Straßen durch einen Haufen von Menschen, denen nichts gleichgültiger ist als ihres Gleichen. Das Herz ist hier so unbrauchbar wie eine Lunge unter einer luftleeren Glocke."

Ich erinnerte mich auch daran, dass er sich nur am Marmor des Louvre und der Kunst dort „erwärmen" konnte.

Es war am Quai Saint Bernard. Ich überquerte auf einer Brücke die Seine, sah schon den Louvre, als der Vater anrief.

„Wo bist du?"

„In Paris. Ich will gerade den Louvre besuchen."

„Und was soll das? Hast du hier nicht andere Aufgaben?"

„Welche denn?"

„Entweder dein verdammtes Studium der Philosophie endlich abzuschließen oder mit energischem Fleiß das zu beginnen, was ich dir vorgeschlagen habe. Deine Mutter wird noch vor Sorgen krank. Was machst du nur aus deinem Leben!?"

„Weiß ich auch noch nicht."

„Mit fast 31 sollte man das aber wissen. Ich will keinen Taugenichts und Müßiggänger durchfüttern. Sag mal, woher hast du überhaupt das Geld? Erst Athen, jetzt Paris."

„Ich habe ein Sparbuch."

„Ein Sparbuch? Du hast doch nie gearbeitet."

„Ich habe sparsam gelebt."

„Du? Du hast doch nur auf der faulen Haut gelegen, dich mit Mädchen und sonst was amüsiert. Erzähl mir keine Märchen!"

„Das ist kein Märchen. Könnte ich etwa umsonst nach Athen und Paris fliegen und unentgeltlich in Hotels wohnen?"

Sekundenlanges Schweigen. Dann:

„Du gibst uns Rätsel auf. Was hast du weiter vor?"

„Ich werde Lissabon besuchen."

Wieder sekundenlanges Schweigen. Dann:

„Jakob, wozu benutzt du eigentlich deinen Kopf? Dir reicht es offensichtlich, wenn er Haare trägt."

Er legte auf.

25

Was der Vater nicht wusste: Ich hatte eine Leidenschaft für alte Gemälde und Fresken. Oft hatte ich in Köln das Wallraf-Richartz-Museum besucht und einen Rundgang durch die Galerieräume gemacht. Meist waren es Gemälde des Mittelalters, des Barock und des 19. Jahrhunderts mit Meisterwerken von Lochner, Dürer, Rubens, Rembrandt, van Gogh und vielen anderen. Was das Mittelalter betraf, gefielen mir besonders anmutige Marienbilder, die auch als ‚schöne Madonnen' bezeichnet wurden. Für das 19. Jahrhundert war es der heitere, impressionistische Stil eines Claude Monet. Besonders liebte ich sein ‚Mohnfeld bei Argenteuil'. Dieses Bild befand sich jedoch nicht in Köln, aber eben in Paris, wo ich es mir nach dem Besuch im Louvre im Musée d' Orsay ansehen konnte. Dieses Bild mit seinen leuchtend roten Mohnblumen, seiner wunderbaren Veränderlichkeit und Verspieltheit von Licht und Farben und der mit einem Schirm durch das Feld wandernden Frau.

Ich hatte während meiner Studienzeit in Köln, die der Vater nicht zu Unrecht als verbummelt bezeichnet, nicht nur das Kölner Museum besucht, sondern war auch nach Frankfurt und Bingen gefahren, um mir Bilder, die mir besonders gefielen, im Original anzusehen. In Frankfurt war es das Gemälde ‚Goethe in der Campagna', in Bingen das von ihm selbst in Auftrag gegebene ‚Der Aufbruch des St. Rochus'. Um es zu sehen, besuchte ich die Rochuskapelle oberhalb von Bingen. Es ist ein verspielt heiteres Bild, das mir zu meiner jetzigen Situation zu passen schien. Da sagt ein bretonischer Prinz Vater und Mutter und all dem, was sie mit ihm vorhaben, „Ade! Lebt wohl!" und bricht auf nach Rom.

Von Goethe selbst hatte ich nur wenig gelesen, aber gewisse Motive seiner

Biographie gefielen mir gut. Etwa seine Flucht bei Nacht und Nebel nach Italien, incognito zunächst, unter falschem Namen, um für zwei Jahre das Bohéme-Leben zu genießen, was er allerdings gegenüber seiner Umwelt als Bildungs-reise kaschierte. Kaschierte? Eigentlich nicht. Unter Malern in Rom zu leben ist schließlich auch Bildung. Ebenso wie meine Reise. Auch wenn dabei nichts Nützlich-Bürgerliches herumkommt. Das zweite Motiv aus der Biographie war seine Fußwanderung im Liebeskummer die Lahn entlang. Von Wetzlar zum Rhein, wo er in der Nähe von Koblenz eine neue Liebe fand. Köstlich, wie er das beschrieben hat. Auf der einen Seite geht die Sonne unter, auf der anderen steigt der Mond auf.

Mit diesen Erinnerungen kam ich im Louvre an, löste ein Ticket und begab mich in die Ausstellungssäle. Für die berühmte Mona Lisa hatte ich keinen Blick.

26

Ich wanderte nie durch Galerieräume, um alles zu sehen. Die Flut der optischen

Eindrücke hätte mich erschlagen und am Ende hätte ich nichts gesehen und kaum etwas behalten. Im Louvre suchte ich ein bestimmtes Bild. Der Großvater war zwei Tage in Paris geblieben und hatte (alleine?) auch den Louvre besucht. Vielleicht um wie alle anderen die Mona Lisa zu betrachten. Vor diesem Bild versammelte sich stets eine Menschentraube und man hatte Mühe, sie überhaupt sehen zu können. Aber dann musste er etwas anderes entdeckt haben, hatte vor diesem Bild gestanden, sich seine Gedanken gemacht und später in der ,Boutique du Louvre' eine Kunstkarte als Souvenir gekauft und ins Fotoalbum geklebt. Dass er sich sonst in seinem Leben für Kunst interessiert hätte, hatte ich nie mitbekommen.

Das Bild hieß ,Tobie et l'ange', Tobias und der Engel. Gemalt war es im 17. Jahrhundert von einem Italiener, Salvator Rosa. Ich hatte die Kunstkarte aus dem Album gelöst. Auf der Rückseite war angegeben, worum es sich handelte. In der Bibel, im Alten Testament, hatte ich die Geschichte gelesen, von der ich bis dahin nichts gewusst hatte. Allerdings war es nicht leicht, die Geschichte zu finden. Sie gehörte zu den apokryphen Schriften und war aus vielen Ausgaben der Bibel verbannt. Aber der Text war schön, spannend, ein alttestamentarisches Märchen, das sich ‚Buch Tobit' nannte. Die Geschichte hatte drei miteinander verwobene Erzählstränge. Da war der blinde Vater von Tobias. Der Vater hatte sich zum Mittagsschlaf an eine Mauer im Hof gelegt, wo Schwalben nisteten. Die hatten ihm in die Augen geschissen, worauf er erblindete. Der zweite Erzählstrang handelt von der jungen, schönen Sara. Sie lebt in einem anderen, weit entfernten Ort, der Ekbatana heißt. Ein böser Dämon hat von ihr Besitz ergriffen. Jedes Mal, wenn sie einem Mann vermählt werden soll, stirbt der in der Hochzeitsnacht. Sara kommt auf sieben Tote. Im dritten Erzählstrang schickt der blinde Vater seinen Sohn Tobias auf eine Reise nach Ekbatana, damit der dort einen Silberschatz, der dem Vater gehört, abholt. Nun begibt es sich, salopp erzählt, dass der liebe Gott Erbarmen hat und zu seinem Erzengel Rafael sagt:

„Der Vater, der Sohn und auch die Sara sind eigentlich ganz in Ordnung. Es wird Zeit, dass wir ihnen helfen. Geh du in der

Verkleidung eines Reisebegleiters mit dem Tobias nach Ekbatana und führe ihn mit Sara zusammen!"

So geschieht es. Rafael und Tobias gehen zusammen nach Ekbatana. Unterwegs will Tobias in einem Fluss baden. Ein riesiger Fisch schnappt nach seinem Fuß. Rafael befiehlt dem Tobias:

„Zieh ihn an Land! Dann nimm Herz, Leber und Galle heraus, die Eingeweide aber wirf weg."

Rafael führt Tobias zum Haus von Saras Eltern. Tobias soll der nächste Mann von Sara werden, und Saras Vater schaufelt schon das achte Grab. Aber bevor sich Tobias zu Sara legt, befiehlt ihm Rafael:

„Verbrenne in der Kammer, wo Saras Lager ist, Herz und Leber des Fisches auf glühenden Kohlen. Der böse Dämon wird entweichen."

So geschieht es. Am Morgen nach der gemeinsamen Nacht erscheinen Sara und Tobias munter und fröhlich beim Frühstück. Saras Vater schaufelt erleichtert das vorsorgliche Grab wieder zu. Sara, Tobias und Rafael treten nun die Heimreise an. Auch der Silberschatz ist dabei und allerlei Mitgift von Saras Eltern.

Zu Hause angekommen sagt Rafael zu Tobias:

„Nimm von der Galle des Fisches und streiche sie über die weißen Flecken in den Augen deines Vaters."

Tobias folgt dem Rat, und der Vater kann wieder sehen. Rafael hat seine Aufgabe erledigt und verschwindet wieder.

Salvator Rosas Gemälde zeigt die Szene, als Tobias den riesigen Fisch ans Ufer zieht. Hinter ihm steht schützend der Erzengel Rafael, dargestellt mit Flügeln und einem Wanderstab.

Dieses Bild suchte ich im Louvre auf, stand lange davor und überlegte, was dem Großvater damals bei der Betrachtung durch den Kopf gegangen sein musste. War er noch voller Zweifel, ob seine Reise gelingen würde? Denn schließlich konnte ja alles umsonst sein. Er hatte viel Geld ausgegeben, die Werkstatt geschlossen, Aufträge abgesagt oder verschoben, und die angebetete Balletttänzerin mochte nur denken: „Was für ein Narr! Reist mir nach. Ich aber will nichts von ihm."

„Hätte ich doch nur solch einen Reisebegleiter wie Rafael, der alles zum Guten lenkt!" mochte der Großvater gedacht haben und hatte als Glücksbringer in der Boutique des Louvre diese eine besondere Kunstkarte gekauft.

Ich aber kaufte in der Boutique für 480 Euro eine professionell nachgemalte Reproduktion von Edgar Degas, vom Maler der tanzenden Mädchen. Das Pastellbild hieß ‚Ballerina' und zeigte eine anmutige Tänzerin in einem weißen, mit Blumen geschmückten Kleid.

27

Degas' ‚Ballerina' lag in einer stabilen Trapez-Box zusammengerollt. So konnte ich das Bild sicher mit nach Lissabon nehmen. Auf den ersten Blick sah die Reproduktion täuschend echt aus. Um mir Schererein beim Zoll und der Sicherheitskontrolle zu ersparen, hatte ich natürlich die Quittung aus dem Louvre dabei. Ich hatte es nicht mit Kunstkritikern zu tun, die das wegen der fehlenden Signatur als Reproduktion sofort erkennen würden, sondern mit auf Sprengstoff, Waffen und Schmuggelware trainierten misstrauischen Menschen. Bilder von Degas waren besonders wertvoll. Eine seiner Ballerinen war bei Sothebys in London für 37 Millionen Dollar versteigert worden.

Ich blieb noch einen weiteren Tag in Paris, verbrachte den Abend wieder in der Gartenlaube des Hotels. Die Mutter rief an.

„Junge, komm bitte zurück! Ab nächsten Monat überweist dein Vater nicht mehr die Miete für dein Appartement."

„Braucht er auch nicht. Das ist schon gekündigt und wie im Vertrag verabredet habe ich wegen der Kündigungsfrist die Miete für noch drei Monate selbst überwiesen."

Sekundenlanges Schweigen. Dann: „Das hättest du uns sagen müssen."

„Hätte ich schon noch. Aber erst einmal wollte ich meine Ruhe haben und mir die Reise nicht ausreden lassen."

„Wie lange willst du denn im Ausland bleiben?"

„Weiß ich noch nicht."

„Du bleibst erst einmal in Paris?"

„Nein. Morgen fliege ich weiter nach Lissabon."

„Wie kommst du nur auf so eine Idee? Was ist denn los mit dir? Mach doch erst deine Ausbildung und reise dann."

„Dann ist es zu spät. Dann stecke ich nur noch im Büro und verschiebe alles auf die Rentenzeit. Und wenn die da ist, passiert nichts mehr. Verpasste Träume."

„Aber Junge, so muss es doch nicht sein. Alles lässt sich nachholen."

„Von wegen! Das ist euer bürgerliches Märchen. Da lässt sich nichts nachholen. Statt Reisen stehen Arztbesuche an."

„Ach was! Denk an Tante Lilli! Die macht noch jedes Jahr ihre Kreuzfahrt." Ein Seufzer. Dann: „Junge, wer oder was hat dir so den Kopf verdreht? Welchen Sinn hat deine merkwürdige Flucht? Was überhaupt bringst du von diesem Ausflug mit?"

„Die Umarmung eines Olivenbaums, das Bild einer anmutigen Tänzerin und was weiß ich, was noch kommt."

„Bitte, Junge! Sprich nicht so in Rätseln! Wirf dein Leben nicht weg! Wir machen uns große Sorgen."

28

Am nächsten Nachmittag flog ich mit Air France nach Lissabon, kam am frühen Abend dort an, fuhr mit dem Taxi zum

‚Riverside Alfama', wo vor sechzig Jahren auch der Großvater ein Zimmer gebucht hatte. Vielleicht war es sogar dasselbe Zimmer. Ein Zimmer in warmen, mediterranen Farben, mit einem Balkon, von dem aus man über den breiten Arm des Tejo blicken konnte bis hinüber zum Stadtteil Almada. Fähren kreuzten den Fluss. Die Sonne, die sich schon nach Westen neigte, legte eine glänzende Spur auf das Wasser. Ich wohnte im Herzen von Lissabon, der hügeligen Stadt am Tejo, die auch die ‚weiße Stadt' genannt wird. Hinter dem Hotel lag die historische Altstadt mit ihrem Fado-Viertel. Hier fand ich mich am Abend in einer Fado-Bar ein und lauschte zum ersten Mal dieser traditionellen portugiesischen Musik mit ihren meist melancholischen Lyrics, die einem wie auch die Klänge in die Seele griffen. Die Texte hatte ich damals noch nicht verstanden. Das kam erst später.

„Dein Schatten und mein Schatten, sie verloren sich auf See."

„Du bist in meinem Garten aufgetaucht, schon müde vom Träumen."

„Ich singe die Nacht, bis sie zum Tage wird."

„Ich verzweifelte am Warten. Und die Leidenschaft wurde zum Eis."

„Meine Lippen küssen die Luft und sonst nichts, sonst nichts."

Was am nächsten Tag geschah, da weiß ich nicht, was es war. Fügung, Schicksal, Zufall, Lenkung, Bestimmung. Gibt es einen Gott im Universum, der sagt: „Die Beiden müssen wir zusammenführen. Du, Rafael oder Athena, füge es zusammen! Geleite Jakob zu jener Gasse, wo sich die geheimnisvolle Pforte befindet!"

In der Nacht saß ich noch eine Weile auf dem Balkon, beobachtete den ‚Großen Wagen', der am Firmament daherzog, sah auch die Lichterketten der Almada und die immer noch kreuzenden Fähren, die sich wie Sterne auf dem Wasser bewegten. Am Morgen, eigentlich recht munter, weil mir Lissabon gefiel, begab ich mich wieder in die Altstadt, durchstreifte die verwinkelten Gassen, fand ein kleines Café, wo ich mich an einem der Tische niederließ. Ich hatte mir im Louvre nicht nur die Reproduktion von Degas' ‚Ballerina' gekauft, sondern auch seine Biographie. Darin las ich. Ab und zu fiel mein Blick nach gegenüber auf ein schönes, altes Tor mit einer antik wirkenden, teils schon abgeblätterten Patina in Blau, Goldgelb und Moosgrün. An der Mauer daneben, oberhalb der Pforte stand auf einem ovalen Emailleschild die Nummer ‚78'. Darunter, in der gelb gestrichenen Mauer bröckelte die Farbe schon ab und weißer Putz erschien. Ich machte mir meine Gedanken, was sich hinter dem Tor und der Mauer wohl verbergen würde. Da öffnete sich das Tor, eine Frau von etwa vierzig Jahren oder auch etwas jünger kam heraus. Sie trug ein langes, schwarzes Kleid, hatte weiße Sandaletten. Schwarze, Haare fielen bis auf die Schultern und gaben ab und zu den Blick auf große, goldene Ohrringe frei. Zielsicher steuerte sie in das Café, kam nach ein paar Minuten mit einem Espresso heraus, setzte sich an den Nachbartisch. Ich vertiefte mich in den Degas, hielt das Buch so, dass ich sie nicht sehen konnte und nicht als zu neugierig erscheinen würde. Aber dann sprach sie mich auf einmal an:

„Voce está interessado em pintar?"

Die Bedeutung konnte ich mir vage zurechtlegen. ‚Interessado' interessiert. ‚Pintar' würde ‚malen' bedeuten. Ich sagte aber auf Englisch: "Ich verstehe leider kein Portugiesisch."

Sie lächelte, antwortete: „Okay, where do you come from?"

"Germany, Cologne."

Sie lächelte wieder, sagte: "Dann können wir Deutsch reden. Ich habe drei Jahre in Köln studiert, am Institut für Restaurierungs- und Konservierungs- wissenschaft. Danach habe ich fünf Jahre im Rheinischen Landesmuseum in Bonn gearbeitet."

„Als Restauratorin?"

„Ja. Für Gemälde. Damals eine ganze Serie der Rheinromantik."

„Und jetzt sind Sie Restauratorin in Lissabon?" fragte ich neugierig.

„Ja. Qualifizierte Restauratorin. Der Zusatz ist notwendig, weil sich so manche ohne Ausbildung auf diesem Markt tummeln. Werkstatt und Atelier habe ich im Haus. Meistens sind es Privataufträge für mehr oder weniger wertvolle Gemälde. Manchmal arbeite ich auch außerhalb, zum Beispiel, wenn ein Fresko in einer Kirche restauriert werden muss. Das ist die Arbeit, die ich am meisten liebe. Sie ist allerdings auch die schwierigste. Wegen der manchmal unsteuerbaren chemischen

Prozesse, die beim Trocknen des Kalks ablaufen. Sie wissen, wie ein Fresko gemalt wird?"

Ich schüttelte den Kopf. „Ich weiß nur, dass es Gemälde auf einer Kirchenwand sind. Oder oben an der Decke."

„Ja. Es sind Bilder, biblische Themen auf speziellem Kalk, gemalt meist mit Farbpigmenten."

Sie lachte, nahm einen Schluck Kaffee, sagte dann:

„Das habe ich hier noch nicht erlebt, dass ich von meiner Arbeit erzähle. Aber es ist schön, wenn sich jemand dafür interessiert."

„Oh ja! Ich bin gestern aus Paris gekommen. Dort habe ich mir in der Boutique des Louvre einen Degas gekauft. Keinen echten, eine Reproduktion, nachgemalt, Pastell auf Papier wie das Original in einem Pariser Museum, täuschend echt. Eine wunderschöne Ballerina. Muss ich mir zu Hause noch rahmen lassen."

Ich hob die Schulter, fuhr mir mit der rechten Hand über den Kopf, sagte:

„Ich weiß allerdings nicht, wo mein zu Hause ist."

Dann erzählte ich ihr von meiner Reise und von dem Fotoalbum des Großvaters und auch von dem Streit mit den Eltern, weil ich nicht in die Fußstapfen des Vaters treten wollte. Ich gestand auch, dass ich ein verbummelter Philosophiestudent war, der einfach den Abschluss nicht fand.

Sie hörte mit einem Lächeln zu.

„Der Degas", bemerkte ich nach meinem Geständnis, „liegt übrigens zusammengerollt in einer Trapez-Box. Ich weiß nicht, ob das Bild dadurch Schaden nehmen kann. Je nachdem, wie lange es so aufbewahrt wird. Im Hotelzimmer auf dem Tisch oder dem Bett ausbreiten kann ich es auch nicht. Vielleicht hält es jemand für echt und es wird gestohlen. Ich kann es auch nicht rahmen lassen und hinter Glas legen. Ich weiß ja noch nicht, ob und wann ich zurückfliege. Es mitsamt Rahmen in die Maschine nehmen will ich nicht, darf ich vielleicht auch nicht. Und es zusammen mit dem ganzen Touristen-gepäck in den Frachtraum werfen zu lassen, geht auch nicht."

„Lange sollte es nicht in diesem Zustand sein", meinte sie. „Das hängt aber von der Qualität ab und von der fachkundigen Verpackung. Wenn Sie wollen, können Sie es mir zeigen. Dann kann ich mehr dazu sagen. Wir könnten uns am Nachmittag hier wieder treffen. Um Vier? Ich sehe mir das Bild gerne im Atelier an. Oder haben Sie etwas anderes vor?"

„Nein", antwortete ich. „Schön, um Vier."

29

Ich blieb, nachdem sie sich verabschiedet hatte und durch die Pforte 78 verschwunden war, noch eine Weile an meinem Tisch sitzen, schlenderte dann durch die Gassen der Alfama zur Rua Augusta, durchschritt zum Tejo hin das Tor der Seefahrer, setzte mich an einem Fähranleger noch einmal vor ein Café, sah den Fähren zu, die den Strom kreuzten und beschloss dann, den gegenüberliegenden Stadtteil Almada zu besuchen. Während der Fahrt mit der Fähre stand ich hinten am Heck, sah über die schäumenden Wellen hinweg auf die Weiße Stadt. „Ich möchte bleiben!" sagte ich mir und überschlug, was von dem Geld des Großvaters übriggeblieben war.

Es waren noch etwa 22 000 Euro. Das müsste für zwei Jahre reichen. Ich würde mir ein Zimmer mieten, irgendwo in der Alfama, vielleicht auch im Stadtteil Almada auf der anderen Seite des Tejo, wo es wahrscheinlich günstigere Wohngelegenheiten gab. Aber was sollte ich in dieser Zeit anstellen, was lernen? War der Beruf des Restaurators nicht spannend und genau das Richtige für mich? An der Lissaboner Universität gab es bestimmt einen Studiengang dafür. Wenn es so etwas in Köln gab, dann doch auch und gerade in Lissabon. Mein Entschluss stand fest. Ich werde Restaurator. Wenn nicht hier, dann zurück nach Köln. Auf keinen Fall aber Finanzwesen und BWL studieren, um das Unternehmen des Vaters weiterzuführen. Es würde doch viel schöner und erfüllender sein, kostbare Gemälde zu restaurieren, statt sich mit Steuern und Insolvenzen herumzuschlagen. Aber zunächst einmal, um meinen Plan zu verwirklichen, musste ich so rasch wie möglich Portugiesisch lernen.

Als die Fähre in Almada anlegte, ging ich nicht von Bord, wechselte zum Bug und fuhr zurück. In einem Straßenlokal der Alfama bestellte ich mir Arroz de Pato, ein knuspriges Entenrisotto und einen kühlen Vinho Branco dazu. Bester Laune und voller Zuversicht ging ich danach ins Hotel, wartete dort auf meinem Balkon, bis es Halbvier war, nahm die Pariser Ballerina unter den Arm, ging zum Café gegenüber der Pforte 78, setzte mich dort wieder an denselben Tisch, wo ich auch am Morgen gesessen hatte, und wartete. Es war Viertel vor vier. Würde sie wirklich kommen oder hatte sie das nur aus Höflichkeit angeboten? Stimmte überhaupt alles, was sie erzählt hatte? Warum gab es an diesem Tor mit der alten Patina keine Klingel, warum kein Schild mit ihrem Namen und der Berufsbezeichnung ‚Restauradora'? Es war bereits Zehn nach vier. Niemand war aus der Pforte gekommen. Geheimnisvoll und unbewegt, nur von einem hellen Streifen Sonne getroffen, ruhte sie in ihren Angeln. „Stell dich nicht so an!" beschwichtigte ich meine Zweifel. „Hier ist Portugal. Hier gibt es eben keine preußische Pünktlichkeit." Bei den Vorlesungen und Seminaren an der Uni hieß es ja auch immer ‚ct' - cum tempore, eine Viertelstunde später als angegeben. War für den Beginn einer Veranstaltung 16 Uhr genannt, so erschien der Professor erst um Viertel nach. Mit diesem Argument konnte ich jedoch die in mir aufkeimende Enttäuschung nicht beruhigen. Oh ja, Lissabon war schön! Aber jetzt fiel ein erster Schatten auf meinen Plan, der vielleicht nichts anderes war als eine überhebliche Illusion. Ich hatte gehofft, die Restauradora hätte mir helfen können bei der Wohnungssuche, der Einschreibung an der Uni oder einem Institut, in dem ich meine zukünftige Karriere hätte starten können. Und außerdem, auch wenn sie dem ersten Augenschein nach älter war als ich: Sie gefiel mir als Frau. Sie war schön, freundlich, feminin. Ich war ja nicht nur auf der Suche nach einem Beruf. Viel zu rasch hatte ich mich einer Einbildung, Hoffnung, Illusion hingegeben. Ich wusste ja nichts von ihr. Bestimmt war sie verheiratet oder hatte einen Freund. Solch eine Frau lief in Lissabon nicht alleine herum. War es nicht besser, nach Köln zurückzufliegen und dort meinen Traumberuf zu starten? Ich sah auf die Uhr. Es war Viertel nach vier. Gedankenverloren rührte ich mit dem Löffel den Rest in der Kaffeetasse um, beobachtete nicht mehr

die geheimnisvolle Pforte mit der Nummer
78.

30

Da tippte mir jemand von hinten auf die
Schulter, sagte: „Sorry! Ich musste noch ins
Fado-Museum, ein Gutachten zu einem
Bild abgeben."

Ich drehte mich überrascht um. Da
stand sie, lächelte entschuldigend.

„Oh, das macht nichts!" bemerkte ich.
„Ich habe Zeit und schon die letzten zehn
Jahre verbummelt."

Sie zeigte auf die Trapez-Box, die auf
dem Tisch lag. „Ihre Ballerina?"

„Ja. Ich hoffe, sie hat keinen Schaden
genommen."

„Das werden wir sehen. Gehen wir ins
Atelier!"

Ich stand auf, bezahlte meinen Kaffee,
nahm die Box, folgte ihr zu der Pforte. Sie
steckte einen Schlüssel ins Schloss, drehte,
schob den Eingang auf.

„Kommen Sie!"

Was ich dann sah, verblüffte mich.
Hinter der Mauer mit dem abgeblätterten
Putz und dem Tor mit der alten Patina lag

ein romantisches Paradies. Auf einem gepflasterten Gartenweg steuerten wir an rot leuchtendem Oleander und an Granatapfelbäumen vorbei auf ein Haus zu, das aus Natursteinen gebaut war und ein rotes Ziegeldach hatte. Davor war eine Terrasse mit einem Dach aus Holzbalken, von denen Glyzinien, auch Blauregen genannt, rankten. Die Hausfront säumten neben der blauen Eingangstür Töpfe mit Lavendel und blühendem Rosmarin. In den engen Gassen der Alfama hätte ich ein solches Grundstück nie vermutet. Es überraschte mich auch, dass neben der Eingangstür ein goldfarbenes Messingschild angebracht war. ‚Aisha El Bakkali, Restauradora'.

„Warum ist das Schild nicht am Eingangstor angebracht?" fragte ich. „Hier am Haus sieht es doch niemand."

„Ganz einfach. Schutz vor Einbruch. Auch in Portugal gibt es Kunstdiebe. Hinter dem zugegeben restaurierungsbedürftigen Tor und der Mauer vermutet niemand etwas Wertvolles. Werbung mache ich auf meiner Website. Aber das ist auch nicht mehr notwendig. Die meisten Aufträge beruhen auf Empfehlungen."

Ich betrachtete das Schild noch eine Weile.

„Sie wundern sich über den Namen? Ja, das ist arabisch. Ich bin in Rabat, Marokko, geboren. Aber 1984, da war ich gerade drei Jahre, ist mein Vater nach Portugal ausgewandert. Marokko war wegen dem Westsahara-Krieg in einer Wirtschaftskrise. Oh, jetzt habe ich mein Alter verraten!"

„Macht nichts", antwortete ich. „Ich kann das nicht ausrechnen. In Mathematik war ich immer schlecht."

Sie lachte. „Nun gut. Ich denke, Sie sind jünger. Aber jetzt können Sie mir auch Ihr Alter und Ihren Namen verraten."

„Jakob, Jakob Thiel. Wie gesagt aus Köln. Aber mit dem Karneval habe ich nichts zu tun. Im Februar bin ich 30 geworden."

„Wassermann?"

„Ja."

Sie lächelte. Auch mit ihren dunklen, rehbraunen Augen und bemerkte: „Also sehr freiheitsliebend."

31

Natürlich hatte ich blitzschnell ihr Alter ausgerechnet. Mit dem Addieren und Subtrahieren kam ich gut klar. In der Schule hatte ich nur bei der Integralrechnung versagt. 41 war sie also. Ich dachte an meine wunderbare Affäre mit Louise, der 42-jährigen Kölner Studienrätin. Und ich dachte daran, wie sehr ich mich gerade zu Frauen hingezogen fühlte, die etwas älter waren als ich. Nein, nein, ich habe keinen Mutterkomplex! Solch eine reife Frau ist einfach etwas Kostbares, irgendwie anders als die jungen, unruhigen Hüpfer, die von einer Karriere als Influencerin träumen und ihr Smartphone mit ins Bett nehmen. Wenn es klingelt, bist du abgemeldet, egal in welcher Position. Mir wäre es auch egal, wenn sie schon 50 oder 60 ist. Die Hauptsache, man versteht und liebt sich. Eine reife Frau hat auch viel mehr zu erzählen und hört besser zu.

Aisha El Bakkali war eine schöne, reife Frau. Schlank, etwa 1.70 groß. Das dichte, schwarze Haar war jetzt in den Nacken geschoben, lustige Strähnen hingen locker in die Stirn und auch über die Ohren, wo sie aber noch den Blick freigaben auf goldumfasste Perlstecker. Wenn sie lachte, was sie oft tat, zeigte sie ihre blitzweißen Zähne, bei deren Anblick man neidisch werden konnte. Die Lippen, dezent in Rot mit einem Stift konturiert, waren sinnlich und genau das Gegenteil eines verbitterten, strengen Strichmunds. Das Schönste bei ihrem Lachen aber waren die rehbraunen, dunklen Augen, in denen dann ein freundlicher Schalk zu sitzen schien. Sie lächelten lebendig mit. Hatte sie am Vormittag bei unserem ersten Treffen noch ein langes, schwarzes Kleid getragen, so war es jetzt ein taubenblaues, mit orientalischen Ornamenten. Die Ohrringe vom Vormittag hatte sie ausgetauscht gegen die Perlstecker. Nur die weißen Sandaletten waren geblieben.

Als sie die Haustür aufschloss und mich hereinbat, sagte ich zu mir:

„Junge, lass ab von verwegenen Gedanken! Wenn du Glück hast, hilft sie dir bei der Wohnungssuche und bei der Uni-Anmeldung. Außer ‚vinho‘, ‚cerveja‘ und ‚café‘ kannst du kein Wort Portugiesisch. Na ja, ‚bitte‘ und ‚danke‘ kommen noch dazu. Sie könnte dir als Dolmetscherin helfen. Das ist viel. Das ist genug. Und pass auf: Gleich stellt sie dich ihrem Mann vor, der uns im Flur entgegenkommt oder später eintrifft."

Sie führte mich direkt in ihr Atelier. Ich war überrascht, wie geräumig und hell es war. Das war also das große Fenster an der linken Hausseite. Überhaupt war ich überrascht von der Größe des zweistöckigen Hauses, das geschätzt an der Anzahl der Fenster mindestens neben Küche und Bad sieben Zimmer haben musste. Bei dem ersten Blick ins Atelier ahnte ich, wie herausfordernd und kunstreich der Beruf des Restaurators sein musste. Da waren verschieden große, weiße Tische. Über dem größten schwebte an einem Teleskoparm ein schwenkbares, höhen- und tiefenverstellbares Okular, eine Art Riesenlupe. Eine Armee von Lampen hing an der Decke. In einem Regal lagerten Gläser und Tuben mit Farben. In einem anderen sah es aus wie in einem Chemielabor. Flaschen mit Glasschliff, Bechergläser, Messbecher. In einem weiteren sah ich die verschiedensten Werkzeuge wie Bohrer, Fräsen, Sägen usw. In wieder einem anderen standen Kanister mit irgendwelchen Flüssigkeiten. Auf den Tischen lagen Schalen mit Pinseln und

Paletten, Tuben und Tuschen und verstreut dazwischen Bestecke wie ein Zahnarzt sie benutzt. Verschieden große Staffeleien standen an einer Wand. Zwei waren besonders groß. Vor der einen bauten sich zwei riesige UV-Lampen auf. Auf der anderen stand ein Bild. Für einen Moment sank mein Mut. Was musste man für diesen Beruf alles an Wissen und Können haben! Ich hatte es ja noch nicht einmal fertiggebracht, mein Philosophie-studium nach zehn Jahren zu beenden.

Sie bemerkte mein Erstaunen, legte es aber falsch aus. Sie kannte ja nicht meinen Berufsplan.

„Sorry!" sagte sie. „Es sieht etwas unaufgeräumt aus. Das ist immer so, wenn ich ein neues Bild begutachten und dann restaurieren muss." Sie zeigte auf die Staffelei, auf der ein Gemälde ohne Rahmen stand. „Das ist das Bild, wegen dem ich heute im Fado-Museum war. ‚Fado' von José Malhoa. Ist von 1910. Das Gemälde hat schon Ausstellungen weltweit gehabt, zuletzt in Rio de Janeiro. Durch einen nicht fachgerechten Transport hat die Leinwand einen Durchstoß, wie wir das sagen. Auch der Firnis muss vorsichtig abgetragen werden. Sie können es sich gerne ansehen."

32

Ich ging zu der Staffelei, betrachtete das Bild. Ein mexikanisch wirkender schwarzhaariger Typ mit Sombrero-Hut hockte breitbeinig auf einer Bank, hatte die Augen geschlossen, zupfte auf einer birnenförmigen Fado-Gitarre. Auf dem Tisch neben ihm stand eine fast leere Schnapsflasche. Ihm räkelte sich ein dralles Weib im roten Rock, Zigarette in der Hand, die Brüste fast aus der Bluse hüpfend, lüstern entgegen.

Die Restauradora war neben mich getreten, sagte:

„Ja, ja, so war der Fado früher. Malhoas Gemälde hat etwas Wollüstiges. Aber das ist nicht das Eigentliche. In dem früheren sozialen Elend, dem man nur mit Suff und Musik entfliehen konnte, war der Fado ein Trost. Europa war damals ein Armenhaus, Portugal eine Diktatur unter Salazar. Die Liedtexte waren rebellisch, Protestsongs, standen auf dem Index und die Fadolokale wurden regelmäßig von der Geheimpolizei kontrolliert. Heute sind die Texte lyrisch, poetisch, handeln von der Sehnsucht nach Liebe... oder von der Traurigkeit, wenn sie versagt."

Nach dem Wort ,Liebe' hatte sie eine kleine Pause gemacht, die Stimme etwas gesenkt, leiser gesprochen, so als sei sie persönlich betroffen. So jedenfalls hatte es auf mich gewirkt. Dann aber wurde sie wieder sachlich.

„Sie sehen, warum das Bild restaurierungsbedürftig ist? Genau in der Mitte zwischen dem Mann und der Frau ist ein Durchstoß der Leinwand. Unachtsamer Transport. In der Holzkiste hatte sich ein Nagel gelöst. Das Gemälde war auch nicht richtig verpackt und festgezurrt. Sie sehen gewiss auch, dass der Firnis trübe geworden ist und abgetragen werden muss, damit das Bild seine ursprüngliche Frische wieder erhält. Auch der Rahmen hat einige Schäden und muss mit Blattgold restauriert werden... So, nun, dazu sind wir aber nicht hier. Packen Sie Ihre Ballerina aus! Am besten auf dem freien Tisch da drüben."

Sie zeigte auf einen kleinen, weißen Tisch in einer Ecke des Ateliers. Wir gingen dorthin. Sie öffnete die Trapez-Box,

101

entnahm ihr das in ein Tuch eingerollte Pastellbild.

„Das ist schon einmal gut. Seide. Das ist der dafür geeignete Stoff."

Sie wickelte das Bild vorsichtig heraus, legte es sanft wie eine Kostbarkeit auf den Tisch. Da lag sie nun, die ‚Ballerina' von Edgar Degas.

„Nichts passiert. Ein schönes, anmutiges Bild. Vom Original kaum zu unterscheiden. Ich kenne es. Wussten Sie übrigens, dass der ursprüngliche Titel gar nicht ‚Ballerina' ist, sondern ‚L'Etoile', der Stern?"

„Nein, wusste ich nicht. Ist aber auch schön."

„Sie sollten", schlug sie vor, „das Bild nicht noch einmal einrollen. Wie lange bleiben Sie in Lissabon?"

„Bestimmt länger. Die Stadt gefällt mir."

Von meinen Plänen sagte ich da noch nichts.

„Lassen Sie es rahmen, hinter Glas legen. Ich helfe Ihnen gerne dabei. Auch bei der Verpackung. Warten Sie!"

Sie ging zu einem der Regale, kam mit einem Zollstock zurück, nahm Maß.

„44 x 60 Zentimeter. Auch für den Transport kein Problem."

Und dann kam das, was mein Herz, anders kann ich es nicht sagen, freudig hüpfen ließ. Sie zeigte auf die Staffelei, wo Malhoas Gemälde stand.

„Wissen Sie, seitdem ich mich wieder mit dem Fado befasse, mit der Geschichte und den Bildern dazu, hätte ich Lust, endlich mal wieder eins der Lokale zu besuchen. Heute Abend? Hätten Sie Lust, mich zu begleiten?"

„Ja, sehr gerne!" antwortete ich.

33

Gegen Acht am Abend holte sie mich vom ‚Riverside Alfama' ab. Zusammen gingen wir an diesem warmen Abend im Juni zum Fadolokal. Unterwegs meinte sie:

„Wir lassen dieses förmliche ‚Sie' fallen. Ich bin Aischa, geschrieben Aisha, a und i getrennt ausgesprochen."

„Gerne, gut!"

Wir erreichten das ‚Coração de Alfama' in der Rua de São Pedro.

„Coração de Alfama", erklärte sie, „bedeutet ‚Herz der Alfama'."

Das ‚Coração' hatte kleine, gemütliche Nischen mit Tischen, Stühlen. Die Wände waren im unteren Bereich mit Azulejos, Keramikfliesen, gekachelt. Darüber sah man kleinere Reproduktionen berühmter Bilder wie zum Beispiel ‚Die Abfahrt des Vasco da Gama nach Indien'. Zwischen den Bildern hingen die typisch portugiesischen Fadogitarren mit ihrem birnenförmigen Korpus und den zwölf Saiten aus Stahl. Die Nischen waren so ausgerichtet, dass man einen Blick auf das Podium hatte, wo wir, wie mir Aisha sagte, den bald folgenden Fado-Auftritt beobachten könnten.

„In den Pausen", meinte sie, „wird Musik aufgelegt. Dann kann man auf der freien Fläche vor dem Podium tanzen."

Doch vor dem Auftritt der Sängerin, die sich Maria Lisboa nannte, gab es am Nachbartisch eine laute, turbulent endende Szene. Die Worte, die fielen, übersetzte mir Aisha in einem Flüsterton, so dass ich alles mitbekam.

An diesem Nachbartisch saß ein Mann mit zwei Frauen. Zunächst war der Ton harmlos, normal. Dann aber wurde eine der Frauen lauter, sagte zu dem Mann:

„Pedro, du musst lernen zu teilen!"

„Teilen? Du spinnst wohl! Ich will Samira nicht mit dir teilen. Wenn du ihr dauernd einredest, ich würde nicht zu ihr passen, ist das eine unverschämte Einmischung in unsere Beziehung."

„Du darfst ihr aber nicht verbieten, Kontakt mit mir zu haben."

„Mach ich doch gar nicht! Samira entscheidet selbst, was sie tut. Oder Samira?"

„Das stimmt", sagte Samira. „Pedro verbietet mir nichts. Er hat zu mir nur gesagt: ‚Du kannst Yara treffen, wann und wo du willst. Aber ich muss nicht dabei sein.'"

„Ich weiß genau, wie Pedro ist", kam die Antwort von der Frau, die Yara hieß, worauf Pedro erwiderte: „Du weißt gar nichts. Du leidest unter einer Einbildung. Du kennst mich doch überhaupt nicht. Hör auf, einen Keil zwischen Samira und mir zu treiben. Das ist unverschämt. Auch manche Sätze, die du zu Samira in meiner Gegenwart sagst. Zum Beispiel ‚Ich möchte dein Lächeln täglich um mich haben'. Geht's noch!? Hör auf, zu viel Sambuca zu trinken! Such dir eine andere Freundin. Mit deinem Verhalten gehst du mir auf die Nerven."

„So? Tu ich das? Du wirst es auf Madeira ertragen müssen, wenn ich euch besuche."

„In dem Moment, wo du auftauchst, hau' ich ab."

Da griff die, die Yara hieß, nach dem Rotweinglas von Samira, schüttete es Pedro über den Kopf und verließ das Lokal. Pedro indes blieb ruhig sitzen, wischte sich den Rotwein aus dem Gesicht und sagte, als der Wirt mit einem Handtuch hinzueilte:

„Alles gut. Nichts passiert. Sie hatte ja kein Messer dabei."

Ich bemerkte nach der Szene zu Aisha: „Portugiesisches Temperament!"

„Nein, nein", sagte sie. „Das kann überall passieren. Auch in Deutschland."

34

„Weißt du", fuhr Aisha fort, „Eifersucht kann viel zerstören. Ich war damals gerade zwanzig, lernte hier in Lissabon einen marokkanischen Arzt kennen, der in Deutschland, in Köln, gearbeitet hat. Ich bin ihm gefolgt, wir haben geheiratet. Er gehörte wie ich dem Islam an, hat aber einige Suren des Koran falsch verstanden. Die Frau: Sklavin oder Königin? Er neigte mehr zum Gehorsam der Frau, wollte mir, eben aus Eifersucht, den Kontakt mit anderen Studenten und schließlich das Studium verbieten. Wie du siehst, ging das nicht gut. Scheidung, Rückkehr nach Lissabon. Die Szene, die wir eben gesehen haben, kenne ich."

„Stark!" sagte ich.

„Was ist stark?"

„Ach so, ich dachte gerade daran, dass du als Muslima in katholischen Kirchen Fresken renovierst."

„Na und? Angenommen, du unterziehst dich einer Herzoperation. Fragst du den Chirurgen nach seiner Religion? Nein, du suchst den besten. Ist es ein Araber, wirst du ihn nehmen."

„Natürlich", bestätigte ich. „Das meinte ich ja auch mit ,stark'. Es gefällt mir, dass eine Muslima katholische Fresken restauriert."

Wir saßen bei einem Glas Vinho Verde, den Aisha empfohlen hatte. Das Licht wurde gedämpft. Maria Lisboa, begleitet von einem Gitarristen, betrat das Podium. Der Fado begann. Zuerst melancholisch. Wie die Suche nach einem verlorenen

Paradies. Dann kam ein Sänger hinzu. Es begann, etwas flotter, ein Duett. Ich verstand den Text nicht, fragte Aisha.

„Wovon singen sie?"

„Oh, der Mann wirbt um sie. Mit sehr poetischen Worten. ‚Ich werde gehen, wohin dein Atem uns trägt, ich werde die Musik des Himmels spielen, die Sonnenstrahlen einfangen, um deine Königinnenaugen zum Leuchten zu bringen.' Ach ja, dann trägt er ihr all seine Schätze an. Sie aber sagt: ‚Ich will keine Barren aus Gold, nur Liebe.' Schön, nicht wahr?"

Ich nickte gedankenvoll. „Ja, sehr schön!" Und dann erzählte ich ihr von meiner Begegnung mit dem Olivenbaum der Athena und was Sokrates über den Eros gesagt hatte.

35

Es kam noch ein dritter, vierter, fünfter Fado. Dann Pause. Jetzt kam ein Song aus der Musikbox. ‚Quizás, quizás, quizás'. Vielleicht, vielleicht, vielleicht. Spanisch. Duett. Andrea Bocelli, Jennifer Lopez. Bolero. 3/4 – Takt. Die ersten Paare betraten die Tanzfläche. „Und du?" fragte Aisha. Sie lächelte. „Komm!" sagte ich und nahm ihre Hand. Oh, wie schön, einige Sekunden später diese Frau in den Armen halten zu dürfen, das Kleid, die warme, schmiegsame Haut darunter, der zarte, verführerische Duft eines mir unbekannten Parfüms. Der Blick in ihre Augen. ‚Ich möchte deine Königinnenaugen zum Leuchten bringen'.

Als wir wieder am Tisch saßen, fragte sie: „Wie lange willst du wirklich bleiben?"

Ich erzählte ihr von meinem Plan. Restaurator werden für Gemälde, Wohnungssuche, einschreiben an der Uni.

Sie legte die Stirn in Falten. „Du kannst dich nicht einschreiben."

„Warum?"

„Bedingung dafür ist, dass du vorher ein Praktikum gemacht hast. Ein sehr langer Weg läge vor dir. Außerdem müsstest du Portugiesisch lernen. Hast du überhaupt das Geschick für diesen Beruf?"

„Auf jeden Fall würde ich es lieben, alte Gemälde zu restaurieren. Ich fühle das. Herz, Bauch, Kopf. Portugiesisch kann ich lernen. Buch, CD's. Du hast schließlich auch Deutsch lernen können. Ich denke, das ist etwas schwieriger."

„Gut", sagte sie und legte ihre Hand auf meine. „Probieren wir es aus. Ich helfe dir bei der Zimmersuche. Eine Tante von mir wohnt in Almada. Sie vermietet Zimmer an Studenten. Ich werde sie fragen. Was das Praktikum betrifft: Komm' zunächst für zwei Stunden täglich in mein Atelier, sieh mir zu. Ich werde erklären, was ich mache. Und später sehen wir, wieviel Geschick du wirklich hast. Du müsstest allerdings täglich mit der Fähre nach Alfama kommen. Wir treffen uns um 10 Uhr im Café vor der Pforte. Einverstanden?"

„Ja", antwortete ich. „Ich werde dich nicht enttäuschen."

Gegen Mitternacht brachte sie mich zum ‚Riverside Alfama'. „Ich mag das, was du mir erzählt hast", sagte sie. „Vom Sternzeichen her bin ich übrigens Zwilling. Über Wassermann und Zwilling heißt es in den Deutungen: ‚Ein starkes Team'. Morgen um Zehn?"

„Morgen um Zehn."

Zurück im Hotel googelte ich auf meinem Smartphone die Bedeutung ihres

Namens. ‚Aisha' hieß im Arabischen ‚weiblich'.

36

Am nächsten Morgen trafen wir uns vor dem Café, setzten uns draußen an einen der Tische. Um meine ersten Worte Portugiesisch zu beweisen, sagte ich zu der Bedienung: „Eu gostaria de tomar um café." – Ich hätte gerne einen Kaffee. Im Internet, in einem der Übersetzungsprogramme, hatte ich mir das angeschaut und als meinen ersten vollständigen Satz gemerkt. Gereicht hätte natürlich auch das kürzere „Um café por favor." Aber ich wollte eben etwas angeben. Einen Sprachlehrgang mit CD's und ein Wörterbuch hatte ich online bestellt und etwas voreilig die Adresse des ‚Alfama Riverside' angegeben.

Aisha schmunzelte. „Schön. Du hast also mit dem Lernen schon begonnen. Ich habe eine gute Nachricht für dich. Von den fünf Zimmern, die meine Tante vermietet, sie heißt Malika und ist damals mit uns nach Portugal ausgewandert, wird nächste Woche eins frei. 15 Quadratmeter, 150

Euro inklusive Nebenkosten. Gemeinsame Küche und Bad auf der Etage. Wäre das okay für dich?"

„Wunderbar. Im ‚Riverside' müsste ich für einen Monat, rechne ich den Tagessatz, fast 3000 Euro bezahlen. Da könnte ich nicht lange in Lissabon bleiben. Klar ist das okay."

„Jakob, verzeih mir meine Neugierde. Du hast einen langen Weg vor dir. Wovon willst du leben? Einem Job nachgehen? Ohne Portugiesisch zu sprechen?"

„Kein Problem. Ich habe dir ja von dem Fotoalbum erzählt, das mir der Großvater vererbt hat. Es war nicht nur ein Album. Es war auch ein Sparbuch dabei. Mach dir darüber keine Sorgen!"

Sie lächelte, schüttelte den Kopf. „Verrückter Kerl! Studiert zehn Jahre Philosophie und schwenkt in Lissabon um zur Restaurierung. Gefällt mir irgendwie. Ich mag Abenteurer."

„Aber leider keine Abenteuer", dachte ich, hütete mich aber, es zu sagen. Ich hatte immer noch den wunderbaren Duft ihres Parfüms in der Nase.

Aisha rührte nachdenklich in ihrem Kaffee, blickte auf und sagte: „Jakob, ich mag dich. Es war schön gestern Abend.

Aber wir müssen Berufliches und Privates strikt trennen. Ich weiß nur noch nicht wie. Du bist mein Schüler. Außerdem bin ich elf Jahre älter als du."

„Na und!" dachte ich. Ich kannte Lehrer, die hatten ein Verhältnis mit einer erheblich jüngeren Schülerin. Was verboten war. Wenn ich bei Aisha ein Praktikum machte, war das etwas ganz anderes. Da mischte sich keine Schulaufsicht ein. Aber was sollte, was konnte ich jetzt sagen? Ehrlich wäre gewesen: Ich will Restaurator werden, aber auch mit dir schlafen. Ich glaube, ich bin verliebt. Und das Alter, ja, das vergiss bitte! Ich mag gerade Frauen, die älter sind als ich. Du bist so attraktiv, dass das Alter keine Rolle spielt.

Ich blickte ergeben in den blauen Himmel Lissabons und sagte nur: „Ich will Restaurator werden."

Strikte Trennung Berufliches und Privates! Was sollte das? Die Restaurierung alter Bilder gehörte in das Gebiet der Kunst. Welcher berühmte Maler, Musiker, Bildhauer hatte nicht mit seiner Meisterschülerin geschlafen!? Ich dachte zum Beispiel an Auguste Rodin und Camille Claudel. Altersunterschied 24

Jahre. Andererseits: Zeigte dieser Imperativ, nenne ich mal so, nicht auch, dass sie mehr empfand als nur dieses „Ich mag dich"? Zeigte es nicht auch die Abwehr entstehender Gefühle? Abenteurer? Ich? Doch eher lange Zeit ein Dummkopf, der jetzt endlich zu wissen glaubt, was er will. Ja, doch. Ich will Restaurator werden. Aber ich will auch Aisha. Weiblich! Ich hatte in der letzten Nacht kaum schlafen können, musste immerzu an sie denken. Alle früheren Affären waren damit verglichen vorüber huschende Schatten. Zu der strikten Trennung hatte sie gesagt: „Ich weiß nur noch nicht wie." Zeigte das nicht, dass sie selber nicht wusste, wie sie damit umgehen sollte? Bei ihr Ratlosigkeit, Vorsicht, Abwarten. Bei mir aber Hoffnung.

37

„Aisha, du überraschst mich!" sagte ich, als wir nur ein paar Minuten in ihrem Atelier waren. Meine ,Ballerina' lag noch auf dem kleinen, weißen Tisch, aber sie war gerahmt und hinter Glas. Aisha hatte einen mattgoldenen Rahmen aus Holz gewählt, der vorzüglich zu der Pastellmalerei passte.

„Ich habe ein ganzes Lager mit Rahmen in einem Nebenraum", bemerkte sie. „Da sind auch zahlreiche Gemälde, die nicht mehr zu restaurieren sind. Die Kunden lassen sie hier, und ich bringe es nicht übers Herz diese Bilder zu entsorgen. Sie sind jetzt für dich. Daran kannst du üben, damit experimentieren. Tisch und Staffelei dort", sie zeigte auf eine Ecke des Ateliers, „sind dein Arbeitsplatz, wenn du mir nicht gerade zusiehst, was ich mache. Diese Bilder kannst du nicht mehr ruinieren. Sie sind es schon. Mach damit, was du willst, mach erste Erfahrungen! So, jetzt gehen wir zu dem Fado-Gemälde und ich erkläre dir zunächst, wie man einen Durchstoß unsichtbar macht."

Eine Weile standen wir vor der Staffelei, betrachteten Malhoas Fado-Bild. Wie kann dieser betrunkene Typ, dachte ich, überhaupt noch die zwölf Saiten seiner Gitarre auseinanderhalten! Außerdem ist er total abgelenkt durch das Weib, das sich ihm lustvoll entgegenräkelt.

Bevor Aisha zur Behebung des Risses in der Leinwand etwas erklärte, sagte sie:

„Jakob, Lektion eins und die wichtigste, was das Restaurieren von alten Gemälden betrifft: Ziel jeder konservatorischen und restauratorischen Maßnahme ist, sie so klein wie möglich zu halten und sie vor allem auch bei einem Fehler wieder rückgängig machen zu können. Wir bezeichnen das als eine reversible Maßnahme. Weniger ist bei der Restaurierung mehr. Wir haben Respekt vor diesem alten Kulturgut, wollen die originale Substanz bewahren und nicht ein Bild frisch aufmöbeln. Es soll seinen Charakter behalten. Wir gehen jetzt mit dem Gemälde zu dem großen Tisch, wo die Okularlupe ist."

Sie nahm das Bild, das sie von seinem Rahmen befreit hatte, von der Staffelei, trug es vorsichtig, als habe sie einen gebrechlichen Kranken zu begleiten, zu dem Tisch, legte es behutsam mit der Leinwand nach oben auf die Fläche, zog die Okularlupe über den Durchstoß und richtete eine biegsame Leuchtröhre über den Riss. Dann forderte sie mich auf, durch das Okular zu blicken.

„Was siehst du?" fragte sie.

„Einen Riss", antwortete ich.

116

„Mehr noch, viel mehr. Achte auf die Details!"

„An den Rändern gibt es lose Fäden."

„Was kann man damit machen?"

„Man könnte sie wieder zusammenführen oder mit einem Faden überbrücken?"

„Sehr gut. Richtig. Man darf auf keinen Fall einfach etwas hinter den Riss kleben und das Material auf der Malseite retuschieren wollen. Das sieht man, wenn man das Bild betrachtet. Da hilft die größte Retuschierkunst nicht mehr. Ich werde jetzt die ersten Fäden mit einer Pinzette zusammenführen und mit einem speziellen Leim verbinden. Es erfordert Geduld und Geschicklichkeit. Das wird Stunden dauern. Sieh dir nur den Anfang an! Die weitere Arbeit muss ich in Ruhe alleine machen. Am Nachmittag treffen wir uns wieder vor dem Café, gehen zum Fähranleger und fahren nach Almada. Du solltest dein zukünftiges Zimmer ansehen. Tante Malika will dich kennenlernen. Okay so?"

„Klar!" sagte ich und dachte: „Mit dir bin ich gerne unterwegs."

38

Am Nachmittag, als wir uns trafen, staunte ich wieder. Hatte sie in der Atelierwerkstatt noch einen schlichten blauen Overall getragen, so war sie jetzt wieder verwandelt. Eine rote, marokkanische Folklorebluse, weiße Jeans, goldfarbene Sandaletten. Um den Hals trug sie eine weiße Muschelkette, an den Ohren baumelten kreisrunde silberne Ringe, die aussahen wie kostbare Antiquitäten. Als wir zur Rua Augusta gingen, hakte sie sich unter, lächelte, fragte: „Darf ich?"

„Blöde Frage!" antwortete ich und dachte: „Wie will sie da Berufliches und Privates strikt trennen? Geht doch gar nicht."

Wir gingen, nein, wir schritten durch das Tor der Seefahrer und ich empfand irgendetwas Neues, Großartiges, als hätte ich die Königin von Saba neben mir. Die Fahrt mit der Fähre zum anderen Ufer des Tejo war kurz, viel zu kurz. Vom Fähranleger in Almada bis zum Haus der Tante Malika waren es nur drei Minuten. Die Tante umarmte Aisha, begrüßte mich freundlich, warf einen prüfenden Blick auf mich, der kaum merkbar war. Trotz ihres Stockes, den sie als Gehhilfe brauchte, schien sie noch sehr vital und rüstig. Malika, 85, wie mir Aisha schon verraten hatte, wohnte unten Parterre. Darüber war die Etage mit den Studentenzimmern. Als sie mir das Zimmer zeigte, das mir zugedacht war, war ich zufrieden. Es hatte einen kleinen Balkon mit Ausblick auf den Fähranleger, auf den Tejo, auf Alfama. Es war schlicht, einfach. Bett, Tisch, Stuhl, Schrank, Wandregal. Mehr brauchte ich auch nicht.

„Ist das okay für dich?" fragte Aisha.

„Aber ja doch. Würde ich sehr gerne mieten. Kaution?"

„Nein. Malika nimmt von den Studenten keine Kaution."

„Mietvertrag?"

„Nein. Alles auf Vertrauensbasis. Du zahlst nur bei Einzug die erste Monatsmiete. Küche und Bad musst du dir allerdings mit den anderen Studenten teilen."

„Studenten oder auch Studentinnen?" fragte ich.

Ein schräger, vorwurfsvoller Blick traf mich.

„Nur Studenten. Die Tante will hier kein Durcheinander."

Nach der Rückfahrt begleitete sie mich zum ‚Riverside', hatte sich für eine kurze Strecke wieder untergehakt und dabei gemeint: „Schön, dass du länger bleibst!"

„Ja. Ich freue mich auf meine Ausbildung."

Als ich das sagte, sagte ich das im Gehen so nebenbei, ohne sie anzusehen und irgendeine Reaktion beobachten zu wollen. Eine Reaktion, die eine gewisse Enttäuschung verraten würde. Etwa: Wie!? Nur auf die Ausbildung? Vor dem ‚Riverside' verabschiedeten wir uns.

„Bis Morgen um Zehn", sagte ich wie geschäftsmäßig. „Und danke!"

Aber dabei spürte ich in Wirklichkeit nichts anderes als das Bedürfnis, sie in den Arm zu nehmen.

39

Ich verschwand im Hotel, ging aber nur zur Rezeption, revidierte meine ursprüngliche Angabe einen ganzen Monat bleiben zu wollen. Danach suchte ich eine Boutique in Alfama auf. Ich war knapp an

Kleidung, war ja nur mit einem Rucksack auf die Reise gegangen. Ich legte mir ein Set an marokkanischen Fischerhemden zu, in Weiß, Blau, Rot und Grün, zwei Jeans, eine in Weiß, die andere in Blau, konnte nicht widerstehen knallrote Mokassins zu kaufen. Den Rest, Strümpfe und Unterwäsche, besorgte ich in einem normalen Kaufhaus. Mit Tüten bepackt, unterwegs kamen noch ein paar Flaschen Wein dazu, erschien ich wieder im ‚Riverside'.

Den Abend verbrachte ich nachdenklich auf dem Balkon, sah nach Almada hinüber, wo meine Zukunft liegen sollte, hatte dabei aber immer Aishas etwas rauchige und zugleich sanfte Stimme im Ohr. Wenn sie sprach, hatte das etwas Erotisierendes. Sie hätte mir ein Telefonbuch vorlesen können. Ich hätte andächtig gelauscht. Hatte ich mich richtig verhalten? Hätte ich sie zu einem Essen am Abend einladen sollen, statt mich knapp und lakonisch zu verabschieden? Aber diese strikte Trennung Beruf und Privates steckte in mir wie ein Haken in einem Fisch und verbot jeden Übergriff, jeden Annäherungsversuch, der vielleicht alles zerstören würde. Andererseits: Warum hatte sie ihren Arm unter meinen geschoben? Widersprüchlich. Ich war verliebt. Ja. War das nicht nur Taktik, wenn ich mich distanziert gab? Unnatürlich. Aber den Gefühlen freien Lauf zu lassen, mochte gefährlich sein und auf Ablehnung stoßen.

„Lass sie kommen, Junge!" sagte ich mir. „Sie entscheidet. Ich warte. Und bis dahin gilt nur der Spruch ‚Ich will Restaurator werden'. Wenn sie etwas für dich empfindet, und das scheint ja so, wird sie die Trennung von Beruflichem und Privatem nicht aushalten. Dazu hat sie viel zu viel Temperament. Sie ist eine Frau, immer noch in den besten Jahren, geschieden, unverheiratet, einen Freund scheint sie auch nicht zu haben."

Mein Smartphone, das im Zimmer lag, meldete sich. Als Ton hatte ich einen Song von Roxette eingestellt. ‚Fading like a flower'. Ich sprang auf. Aisha? Nein. Meine Mutter.

„Ach du!" sagte ich enttäuscht.

„Wo bist du?"

„In Lissabon."

„Und? Wann kommst du zurück?"

„Gar nicht. Ich habe hier ein Zimmer gemietet."

Schweigen. Dann: „Wir machen uns Sorgen. Was soll aus deiner Zukunft werden?"

„Da kümmer' ich mich selbst drum. Ich werde mich hier an der Uni einschreiben. Ich will Restaurator werden für alte Gemälde. Das liegt mir mehr als mit Zahlen zu jonglieren."

„Wie kommst du nur auf so eine Idee? Restaurator?"

„Wie kommst du auf die Idee, einen Mann zu heiraten, der Steuerpapierchen ausfüllt und Insolvenzen verwaltet?"

„Jakob, werde bitte nicht frech!"

Ich hatte schon eine ganze Flasche Wein getrunken, sagte „Tralala!" und legte auf.

40

Die Königin von Saba hatte ihre Sachlichkeit wiedergefunden. Am nächsten Morgen, wieder in dem blauen Overall, zeigte sie mir die gelungene Rissvernähung. Das Zusammenführen der gerissenen Leinwandfäden, die Überbrückung mit eigenen Fäden. Sie drehte das Bild um.

„Ich habe den Durchstoß mit Kreidegrund belegt. Er ist schon trocken. Jetzt kommt die Königsdisziplin der Restaurierung. Die Retusche. Der Durchstoß war an einer schwarzen Fläche. Schwarz ist eine gemeine Farbe. Es gibt ein warmes Schwarz, ein kühles, ein grünliches. Ich muss den Farbton treffen. Das mache ich mit Aquarellfarbe, beginnend an den Rändern, streiche die Farbe zur Mitte hin. Stimmt der Farbton, kommt danach eine leichte Öl-Lasur. Ich warte die Alterung der Farbe ab, bessere eventuell nach. Danach gehe ich an den Firnis. Er ist vergilbt. Ich zeige dir das am Gesicht des Gitarristen. Mit einem Wattestäbchen, eingetaucht in ein Lösungsmittel, hebe ich den Firnis behutsam ab. Früher hat man Terpentin genommen. Aber da ist die Gefahr, dass auch Malpartikel abgehoben werden."

Sie strich nun mit einem Wattestäbchen, eingetaucht in das Lösungsmittel, vorsichtig über eine Gesichtshälfte des Fadospielers. Die Watte war grauschwarz, die Gesichtspartie wirkte jetzt jünger, frischer.

„Das werde ich bei dem ganzen Bild so machen. Danach kommt mit der

Sprühpistole ein neuer Firnis. Aber davor sind noch einige Kratzer zu bearbeiten. Mit vorsichtiger Retusche. Du siehst auch die Risse in der Malschicht. Wir nennen sie Craquelés. Die bleiben erhalten. Sie gehören zum natürlichen Altern eines Gemäldes dazu. Das wird auf keinen Fall restauriert. Sie sind wie die Gesichtsfalten einer schönen, reifen Frau. Sie verleihen dem Bild seine besondere Klasse. Warum lächelst du?"

„Ja, so sehe ich das auch. Eine reife, schöne Frau ist etwas ganz Besonderes."

„Hmmm. Bei dir weiß man nicht, was du wirklich denkst."

„Aber ja doch! So habe ich es gemeint."

„Na gut. Pause. Kaffee?"

„Gerne."

Sie ging in einen anderen Raum, den ich noch nicht kannte, kam mit einer Kaffeekanne und zwei Tassen zurück. Wir setzten uns auf die Terrasse vor dem Haus.

„Aisha", sagte ich. „Mit deinem Alter und deiner Schönheit hast du einen uneinholbaren Vorsprung vor mir. Ich habe das wirklich ernst gemeint."

41

Eine Woche wohnte ich noch im ‚Riverside', erschien morgens in Aishas Atelier, sah ihr bei der Arbeit zu, war aufmerksam bei ihren Erklärungen, machte mir später im Hotel Notizen dazu, um nichts zu vergessen. Endlich kam auch das Buch über die Restaurierung von Gemälden, das ich mir bestellt hatte. Ich las es mehrmals durch, bis ich mir alles eingeprägt hatte. Nach fünf Tagen war auch Aishas Arbeit an dem Fado-Bild beendet. Zum Abschluss trug sie mit einer Sprühpistole einen neuen Firnis auf. Danach führte sie mich in ihre Vergoldungswerkstatt, wo es um die Restaurierung des alten Rahmens ging, an dem an zwei Ecken dekorative Ornamente abgebrochen waren. Mit einer blauen Paste, wie sie Zahnärzte für Abdrücke benutzen, modellierte sie die noch vorhandenen Ornamente, erhielt eine negative Form, die sie, um sie positiv zu erhalten, mit Kreidegrund füllte. Den ließ sie aushärten, um dann die Form vorsichtig auszufräsen, an den fehlenden Stellen einzusetzen und mit einer Lasur zu bestreichen. Danach wurde der gesamte

Rahmen mit Blattgold neu belegt und erstrahlte in alter, originaler Frische. Das Fado-Gemälde wurde wieder eingesetzt, auf die Staffelei gestellt und betrachtet.

„Und Jakob?" fragte sie. „Was hältst du davon?"

„Wunderbar. Als käme es gerade aus dem Atelier des Malers."

„Ja. Das ist immer ein schöner Moment, wenn eine Restaurierung gelungen ist. Bist du dir sicher, dass du so etwas auch machen willst?"

„Ja. Dieser Beruf gefällt mir."

„Gut. Dann kommen wir jetzt zu einem neuen Schritt deines Praktikums. In einer Kammer sind Gemälde abgestellt, die nicht mehr zu restaurieren sind. Kunden haben sie gebracht, wollten sie nicht mehr mitnehmen, nachdem ich gesagt hatte, die sind unrettbar zerstört, haben sie hier gelassen. Fotos davon gibt es nicht, so dass sie auch nicht reproduzierbar sind. Die Gemälde stammen alle aus der Zeit, als die Fotographie noch nicht existierte oder gerade in den Kinderschuhen steckte. Wir gehen jetzt in diese Kammer. Du suchst dir ein Bild aus und darfst damit in deiner Arbeitsecke experimentieren. Einverstanden?"

„Aber ja!" antwortete ich.

Sie ging mit mir zu dieser Kammer, in der eine ganze Reihe Gemälde angelehnt an die Wand standen. Ich sah mir die Bilder an, stutzte, als ich in der Mitte angekommen war, zog das Gemälde heraus.

„Das ist ein alter Velazques", sagte sie. „18. Jahrhundert. Die Signatur ist noch zu lesen. Aber zu restaurieren gibt es da nichts mehr. Der Firnis wurde von dem Kunden mit Terpentin abgetragen und damit auch an vielen Stellen die Farbe. Kannst du überhaupt noch das Motiv erkennen?"

„Ja", sagte ich. „Das müsste die Irrfahrt des Odysseus sein. An den Sirenen vorbei."

„Und diese Silhouette im Segel? Man kann sie kaum erahnen."

„Doch. Das ist die Göttin Athena."

42

„Ich sehe aber keine Signatur", sagte ich.

„Man erkennt sie unter UV-Licht. Das Gemälde ist ein Speicherfund eines

Kunden aus Sintra. Er hatte das Haus seiner Eltern geerbt. ‚Haus‘ kann man nicht sagen. Es ist eher das Schloss einer reichen, adligen Familie. Wahrscheinlich gibt es dort viele Gemälde. Der Velazques wurde aussortiert, vergammelte auf dem Speicher. Eigentlich eine Schande.“

„Was weiß man über den Maler?“

„Nicht viel. Pedro Velazques. 1710 bis 1755. Er lebte in Lissabon. Nach meiner Recherche gibt es nur noch ein Gemälde von ihm. Im Museo Nacional de Arte Antiga, im Nationalmuseum für alte Kunst. Das Gemälde heißt ‚Odysseus und Circe‘. Insofern könntest du vielleicht recht haben, wenn dieses zerstörte Bild hier Odysseus und die Sirenen darstellt.“

„Warum gibt es nur noch ein Bild von ihm?“

„Wahrscheinlich wegen des Datums November 1755. Da wurde Lissabon von einem gewaltigen Erdbeben heimgesucht. Ein Großbrand und ein Tsunami kamen hinzu. Wegen des Bebens und des Brandes sind die Einwohner zum Hafen geflüchtet, sahen dort, wie das Meer zurückgewichen und der Boden mit Schiffwracks bedeckt war. Dann kam die Flutwelle, schoss den Tejo hoch und riss die letzten Häuser, die übrig geblieben waren, mit sich. Die Zerstörungen waren gewaltig. Auch das Atelier von Pedro Velazques wird betroffen gewesen sein. Es ist ein Wunder, dass es wenigstens noch ein Bild von ihm gibt. Um so bedauerlicher, dass dieses hier so stümperhaft behandelt wurde und nicht mehr restaurierbar ist. Jetzt ist es dein Versuchsobjekt. Löse die letzten Reste des Firnis und bearbeite es nach deiner Phantasie. Wie das Original aussah, ist leider unbekannt. Aber an dem Sirenen-Bild kannst du dich zunächst einmal austoben, auch Farben ausprobieren, ein bisschen kann man ja noch erkennen. Mal sehen, was daraus wird."

An Odysseus und an die Zauberin Circe erinnerte ich mich nur noch vage, wusste aber noch, dass Circe die Tochter des Sonnengottes Helios war. Odysseus landet an ihrer Insel, bleibt auf dem Schiff, während seine Gefährten die Insel erforschen und auf Circe stoßen. Die lebt mit Löwen und Schweinen dort, lädt die Gefährten zu sich ein und verwandelt sie mit Hilfe eines Krautes in Schweine. Odysseus verlässt das Schiff, um seine Gefährten zu suchen. Unterwegs begegnet ihm der Götterbote Hermes und gibt ihm ein Kraut, so dass Circe ihn nicht verwandeln kann. Odysseus findet Circe, ist immun gegen ihr Giftkraut, bedroht sie mit dem Schwert und zwingt sie, die Gefährten in Menschen zurückzuverwandeln. Da Circe eine außergewöhnlich schöne Frau ist, bleibt er ein ganzes Jahr bei ihr, bis seine Gefährten ihn drängen, die Heimfahrt wieder anzutreten.

Soweit hatte ich die Geschichte noch in der Erinnerung und besuchte am Nachmittag das Museo Nacional de Arte Antiga, um mir das Gemälde von Pedro Velazques anzusehen und einen Eindruck von seiner Malkunst zu bekommen.

43

Lange stand ich vor dem Gemälde des Pedro Velazques, betrachtete es, fand es wunderschön. Es hatte das Format einen Meter in der Breite, anderthalb in der Höhe. Im Mittelpunkt war Circe. Sie saß auf einem von zwei Löwen flankierten, steinernen Thron in einem Saal ihres Palastes. Neben ihrem Thron lag friedlich hingestreckt ein schwarzes Wildschwein. Circe hatte den Kopf leicht in den Nacken geneigt, blickte den Betrachter unter den Augenlidern an. Das lange, dunkelbraune Haar fiel nach hinten über die Schultern. Die Lippen waren rot, sinnlich. Der Mund leicht geöffnet. Am auffälligsten war das graublaue, durchsichtige Seidenkleid, das den Blick freiließ auf wohlgeformte Brüste und die Beine. Mit der rechten Hand hielt sie einen Pokal hoch, in dem sich wahrscheinlich der Trunk mit dem Kraut befand, das Männer in Schweine verwandelte. Hinter ihrem Thron, wo ein großes, rundes Fenster war, stand ein grimmig blickender Odysseus, das Schwert in der Hand.

Ich fand diese Circe verführerisch schön, ein hocherotisches Gemälde. Wie langweilig war dagegen die Mona Lisa mit ihrem angeblich geheimnisvollen Lächeln! Aber so war der Lauf der Welt. Der eine, Leonardo da Vinci, wurde berühmt. Der andere, Pedro Velazques, durch eine Tragödie vernichtet und vergessen. Ich bewunderte die Kunst, mit der er die Circe-Szene dargestellt hatte. Nach meinem Urteil war Velazques der bessere Maler. Ich prägte mir die Farbtöne ein, die er verwendet hatte. Den Stil hätte man als naturalistisch bezeichnen können. Aber es war eben ein mythologisches Bild, bei dem es auf den Symbolcharakter ankam. Zugleich auch wurde ich mutlos. Wie sollte ich das fast ruinierte Bild, das auf meinem Arbeitstisch lag, phantasievoll restaurieren beziehungsweise neu gestalten? Aisha hatte gesagt: „Daran kannst du dich zunächst einmal austoben, auch Farben ausprobieren, ein bisschen kann man ja noch erkennen. Mal sehen, was daraus wird."

Ich hatte kaum noch Ahnung von Farben, Pinselführung, Techniken, von der Raffinesse eines gelungenen Details. Meine einzige Erfahrung damit war eigentlich lächerlich. Als Jugendlicher hatte ich regelmäßig die Eltern und Großeltern mit selbst gemalten Bildern in Öl beschenkt. Selbst gemalt stimmt nicht ganz. Es waren vorskizzierte Leinwände, die man mit Farbe auszufüllen hatte. Für die zu verwendenden Farben gab es eine Vorlage. Es waren die üblichen Genremotive. Heidelandschaft mit Schafen, Hafen mit Segelbooten, Pfeife rauchender Bauer, Alpenszene mit Kühen und einem Gletscher im Hintergrund, Zigeunerin. Die Eltern hatten sich immer bedankt, aber dann verschwanden die Bilder im Keller.

Nur die Großeltern hatten einige meiner laienhaften Hobbymalereien an die Wand gehängt und dort belassen. Danach hatte ich noch nach eigenen Motiven gemalt, also ohne Vorlage und farbliche Vorgaben, auch einige Techniken gelernt, lernte Farben und Mischeffekte kennen, wusste, wie man etwa mit Preußischblau und Titanweiß Himmel und Wasser gestaltet, mit Pinsel und Spachtel Effekte zaubert. Aber die gekonnte, detaillierte Darstellung war mir versagt. Mit welcher Meisterschaft hatte Velazques zum Beispiel die beiden Löwenköpfe, die Circes Thron flankierten, auf die Leinwand gebracht! Wie nur sollte ich jetzt nach seinem Vorbild eine mythologische Szene darstellen? Ich hatte keine Ahnung.

44

Zunächst aber blieb der Odysseus unbearbeitet auf der Staffelei in meiner Arbeitsecke stehen. Mein Umzug nach Almada stand bevor. ‚Umzug‘ ist übertrieben. Ich hatte nur einen Rucksack und ein paar Einkaufstaschen. Und natürlich die gerahmte Ballerina von

Degas, die nun endlich ihren Platz an meiner Zimmerwand bekommen sollte. Eine einzige Fahrt mit der Fähre würde genügen. An einem Samstagnachmittag begann mein Abenteuer in Tante Malikas Haus. Aisha hatte mich lachend gewarnt:

„Du wirst sehen, meine Tante hat einige Eigenschaften, die dir seltsam vorkommen werden."

Die erste Eigenschaft bemerkte ich, als ich mich bei ihr anmeldete. Sie hatte in ihrem Wohnzimmer fünf Hühner herumlaufen, zahm und zutraulich. Bei späteren Besuchen sah ich, dass sie mit ihnen auf dem Sofa saß und schmuste. Schmusehühner also. Aber nicht nur. Ab und zu kam sie mit ihrer Krücke die Treppe hoch und beschenkte uns mit Eiern. Wir wohnten zu fünft in der ersten Etage. Drei portugiesische Studenten, einer aus Gambia, und ich als der weitaus Älteste. Gelegentlich trafen wir uns in der Küche, unterhielten uns auf Englisch. Ich verschwieg aus Scham, dass ich im Prinzip noch Student war, sprach nur von einem restauratorischen Praktikum. Was ja auch stimmte. Wir sahen uns selten. Tagsüber waren die fleißigen Jungen in der Uni. Ich frühstückte lieber drüben in Alfama, in dem Café vor Aishas Tor. Am Nachmittag war ich auf meinem Zimmer, lernte Portugiesisch. Am Abend war ich oft mit Aisha unterwegs, lernte Lissabons Restaurants kennen. Ach ja, eine weitere Eigenschaft von Tante Malika war, dass sie abends die Treppe hochkam, mit ihrer Krücke an die Türen klopfte und rief: „Estás bem?" – „Alles in Ordnung?" Hörte sie dann: „Sim. Estás bem!" – „Ja. Alles in Ordnung!" zog sie zufrieden wieder ab. Sie betrachtete die Studenten wie ihre eigenen Kinder und kümmerte sich um sie. Das mochte den fleißigen Jungen gefallen. Mir weniger. Ich beschloss, sobald ich mit meinem Portugiesisch weit genug wäre, doch nach einem eigenen, unabhängigen Zimmer zu suchen.

Ach ja! Die Abende mit Aisha! Ich musste mir eingestehen, dass ich verliebt war, respektierte, obwohl ich es nicht wollte, die Trennung von Privatem und Beruflichem. Dass man abends gemeinsam ausging, schien dieses Prinzip nicht zu stören. Wahrscheinlich meinte sie damit, dass sie sich keineswegs mit ihrem Lehrling erotisch einlassen wollte. Befürchtete sie, dass ich dann mein Praktikum aufgeben würde? Sollte ich erst eine Gesellenprüfung machen und mein Studium der Restaurierung beendet haben? Oder hatte sie nur Bedenken wegen des Altersunterschiedes? Ich wusste es nicht. Spätabends fuhr ich mit der Fähre rüber nach Almada, saß dort am Fähranleger noch bei einem Glas Wein und bedauerte, dass ich Aisha nicht mit auf mein Zimmer nehmen konnte oder sie mich in ihr Haus. Ich weiß nicht, was passiert wäre, hätte Tante Malika nicht nur brave Jungen aufgenommen, sondern auch ein munteres afrikanisches Weib. Einmal nämlich hatte der Student aus Gambia Besuch von seiner älteren Schwester, die mir ebenso gut gefiel wie Aisha. Sona hieß sie. Schlank, schön, mit geflochtenen, in den Nacken und über die Schulter fallenden schwarzen Zöpfen. Und lustig war sie, lachte viel. Wir hatten uns in der Küche getroffen. Aber ich war zu dämlich oder zu schüchtern gewesen, einen Annäherungsversuch zu starten. Ich will damit nur sagen, dass ich abends am Fähranleger mit einer gewissen Frustration saß. Ich war ja kein alter Mann, der jenseits von allem auf Sex und Liebe, sorry, andersherum, Liebe und Sex, verzichten wollte.

45

Bei der Arbeit am Odysseus begann ich zunächst Firnisreste zu entfernen. Aisha hatte recht. Das Gemälde war nicht restaurierbar. Große Farbflächen waren abgebrochen. Noch gut zu erkennen war jedoch das Schiff und der an den Mast gebundene bärtige Mann, der mit erhobenem Kopf zu lauschen schien. Der Felsen, auf dem die Sirenen sangen, war nahezu vollständig verschwunden. An einer Stelle ließ sich erahnen, dass dort eine der Sirenen saß. Man sah aber nur den Kopf mit geöffnetem Mund und wildem, lockigem Haar, das wie Schlangen um das Gesicht floss. Die ganze Szene hatte Velazques so dargestellt, dass man aus weiter Perspektive auf Schiff, Meer, Himmel und Felsen sah. Die Grundierung der Leinwand, der Maler hatte ein mir unbekanntes Harz genommen, war an manchen Stellen fleckig und vergilbt. Auch das Harz und die Farbreste entfernte ich vollständig. Ebenso das Schiff des Odysseus, so dass am Ende dieser Arbeit nur noch die blanke Leinwand mit dem Keilrahmen vorlag. Um Farben und ihre Mischungen kennenzulernen, konnte ich nun mit einer eigenen Version beginnen. An die Episode in Homers Odyssee erinnerte ich mich noch gut. Wer dem Gesang der Sirenen zuhörte, war unrettbar verloren. Odysseus hatte seinen Gefährten die Ohren mit Wachs verschlossen. Er selbst aber wollte dem Gesang zuhören und ließ sich an den Mast binden. Es war ein alter Mythos, wie man ihn zum Beispiel in der Legende von der Loreley wiederfindet. Wurde da etwa die Faszination durch das Weibliche verteufelt? War es eine unsinnige Warngeschichte? War es nicht süß, in einer Frau verloren zu sein?

Ein paar Tage stand die Leinwand unbearbeitet auf der Staffelei. Dann, an einem der Abende am Fähranleger von Almada, wusste ich, was ich zu tun hatte. Das Schiff in eine nähere Perspektive rücken, auch den Felsen mit den Sirenen. Die Gefährten des Odysseus würde ich weglassen. Ich hatte kein Talent für die meisterhaften Details eines Velazques. Ebenso würde ich den Felsen nicht mit Sirenen besiedeln. Da gab es nur eine verführerische, attraktive Frau. In meinem Zimmer in Almada übte ich mich an Porträtzeichnungen von Aisha. Mein Bild sollte nichts Bedrohliches, Gefährliches ausstrahlen. Es sollte ein Rätsel darstellen. Ich grundierte die Leinwand mit einer dünnen, weißen Acrylschicht, so dass der Himmel beim späteren Auftrag der Ölfarben in blauen und lichtdurchfluteten Schattierungen erscheinen konnte, mit einem zarten, safranfarbenen Streif über dem Felsen. Velazques hatte den Himmel, wie es an Resten von Farbpigmenten erkennbar war, dunkel gestaltet. Das Meer sollte nicht flach und still, sondern bewegt sein. Auf dem Felsen, der sich im Wasser spiegelte, würde es Lichtreflexe geben. Mit Pinseln, Spachteln und einer Palette machte ich mich an die Arbeit. Ab und zu warf Aisha einen Blick darauf, sah mir zu, wie ich mit den verschiedenen Pinseln und Spachteln umging. Sie sagte nichts dazu, wollte das Ergebnis abwarten. Die ‚Sirene' auf dem Felsen kam ganz zum Schluss. Die malte ich, als Aisha zu einem Kunden unterwegs und ich im Atelier für Stunden alleine war. Sie würde sich selbst auf dem Felsen erkennen können. Ich hatte zum Beispiel die Ohrringe, die sie so gerne trug, dargestellt. Ebenso ihr Lieblingskleid, einen mehrfarbigen marokkanischen Sunflair-Kaftan, die Figur umspielend, mit umschnittener Schulter und weitem Ausschnitt. Beim Gesicht musste ich mehrfach korrigieren, bis ich endlich zufrieden war. Im Ausdruck und im Gestus hatte ich mir Velazques' Circe zum Vorbild genommen. Der Kopf leicht in den Nacken gelegt, die Haare nach hinten über die Schultern fallend, die Lippen rot und sinnlich, der Mund leicht geöffnet, ein verführerischer Blick unter den Augenlidern. Ich nahm das Bild von der Staffelei, lehnte es mit der bemalten Seite schräg an die Wand. Die Ölfarben mussten erst trocknen. Danach hätte ich noch den Firnis aufzusprühen.

Als Aisha zurückkam, meinte sie: „Oh, du hast aufgegeben? Bilder, an denen man arbeitet, stellt man nicht so an die Wand."

„Nein, nein", sagte ich. „Es ist fertig. Die Farben müssen noch trocknen. Dann kommt zum Schluss der Firnis. Du sollst es erst sehen, wenn alles komplett ist. Deshalb lehnt es an der Wand."

Sie lachte. „Wenn du wieder in Almada bist, könnte ich es mir heimlich ansehen."

„Nein", sagte ich. „Das wirst du nicht tun. Ich vertraue dir."

46

Nach ein paar Tagen war die Ölfarbe durchgetrocknet. Ich stellte das Bild wieder auf die Staffelei, besprühte es mit einer feinen Schicht Firnis, so dass die Farben wie unter einer zarten Lasur noch leuchtender wirkten. Der Firnis trocknete rasch. Ich warf ein weißes Tuch über das Bild, ging zu Aisha, die in der Vergoldungswerkstatt war. Sie restaurierte einen Rahmen, hielt in der einen Hand einen Windfang, in der anderen einen flachen, breiten Pinsel, mit dem sie Blattgold aufgenommen hatte.

„Es ist fertig", sagte ich. „Wenn du willst, kannst du es jetzt ansehen."

„Okay. Lass mich nur eben noch das Blattgold auflegen."

Als sie vor der Staffelei stand, meinte sie: „Du machst es spannend. Ist ja wie Weihnachten."

Ich zog das Tuch von dem Bild. Ihr Blick ging sofort zu der ‚Sirene' auf dem Felsen. Ihre Augen zogen sich zusammen.

„Das bin ja ich!"

„Ja."

„Eine Sirene?"

„Nein."

„Und der Odysseus am Mast? Du?"

„Möglich."

„Und die Gefährten des Odysseus? Die fehlen ja."

„Die brauchen wir nicht."

„Okay. Aber wie kann der Mann alleine segeln, wenn er an den Mast gebunden ist?"

„Es ist nur ein symbolisches Bild."

„Er segelt an der Sirene vorbei?"

„Nein. Er hat sich selbst gefesselt, kann sich auch selbst befreien."

Sie nahm ihr Porträt erneut ins Visier, widmete sich jetzt wohl dem Blick unter verhangenen Lidern.

„Hältst du mich für gefährlich, verführerisch?"

„Nein. Beide Begriffe stimmen nicht. Du bist für mich keine Gefahr. Im Gegenteil. Und verführerisch würde bedeuten: Du bringst mich vom Wege ab. Auch hier das Gegenteil. Du bringst mich auf den Weg, motivierst mich."

„Was denn dann, wenn nicht verführerisch?"

„Sympathisch, attraktiv."

Dass ich in sie verliebt war, wollte ich nicht sagen. Würde sie das nicht als einen emotionalen Überfall deuten? Vielleicht auch würde ich mein Praktikum verlieren, weil sie Berufliches und Privates trennen wollte. Ein Liebesgeständnis war mir zu riskant.

„Jetzt erzähle mir doch bitte, wie du das alles meinst!" forderte sie mich auf.

„Nein. Maler und Dichter interpretieren ihre Werke nicht. Denk selber nach!"

„Hmm. Du hast das gut gemalt. Du hast Talent. Aber ich verstehe es noch nicht. Sollte ich es verstehen? Ist es eine Botschaft?"

Ich zuckte leicht mit der Schulter.

„Möglich."

47

Am Nachmittag saß ich in meinem Zimmer in Almada, lernte Portugiesisch. Da rief Aisha mich an.

„Jakob, möchtest du den Abend mit einer Sirene verbringen? Ich würde gerne mit dir ins ‚Havana' gehen. Kubanische und Südamerikanische Rhythmen, Tanzen, ein paar Drinks. Wir würden uns hier in Alfama an der Metrostation treffen und nach Alcântara fahren. Das ‚Havana' liegt unter der Tejobrücke in einem alten Industrie- und Hafenviertel."

Ich versuchte meine Freude nicht allzu deutlich werden zu lassen. Am liebsten hätte ich geantwortet: „Oh ja, natürlich, ach wie schön!" Aber ich sagte nur ziemlich beiläufig: „Ja, können wir machen. Wann?"

„Um Acht. Du weißt, wo die Station ist?"

„Ja, kenne ich. Bin mit der Metro mal nach Bélem gefahren."

Pünktlich um Acht trafen wir uns an der Station. Aisha sah hinreißend aus. Sie trug, wohl nicht ohne Absicht, den ihre Figur umfließenden marokkanischen Kaftan, den ich auf dem Bild ausgewählt hatte. Unwillkürlich entfuhr mir ein bewunderndes „Wow!" und mit einem Lächeln sagte ich: „Hallo, Sirene!"

„Boa noite, Odysseus! Guten Abend, Jakob!"

In diesem Moment kam mir mein Name ‚Jakob' etwas altbacken vor. Nichts gegen den Pilgerheiligen, wegen dem man nach Santiago wandert! Und so fragte ich Aisha:

„Was heißt eigentlich ‚Jakob' auf Portugiesisch?"

„Jacó."

„Dann nenne ich mich ab jetzt lieber so. Klingt hier irgendwie besser. In Frankreich würde ich mich ‚Jacques' nennen."

„Okay, Jacó!"

Das ‚Havana' war ein besonderes Restaurant, eine besondere Tanzbar. Man konnte draußen am Yachthafen sitzen oder drinnen im Haus. Unten wurde zu heißen Rhythmen getanzt. Ging man die Treppe hoch, konnte man sich die leckersten portugiesischen Menüs servieren lassen.

„Ich habe Hunger", sagte Aisha. „Ich lade dich ein."

Wir saßen zunächst oben bei einem Cocktail de Gambas und einer Flasche Vinho Verde.

„Verrätst du mir jetzt", meinte Aisha, „was du mit dem Symbolcharakter deines Bildes meinst?"

Ich stützte die Ellenbogen auf den Tisch, legte den Kopf zwischen beide Hände, sah Aisha in die Augen, lächelte, sagte: „Não, Nein!"

Dann kam nach flotten Salsa-, Samba- und Merengue-Rhythmen ein langsamer Bolero. ‚Quizás, quizás, quizás'. Vielleicht, vielleicht, vielleicht. Es war der Song, zu dem wir in unserem ersten Fado-Lokal, im ‚Coração de Alfama', getanzt hatten.

„Komm!" sagte Aisha.

Während des Tanzes, ich glaube nicht, dass wir die Schritte exakt ausgeführt haben, hatte sie den Kopf an meine Schulter gelehnt.

„Ich weiß doch", sagte sie, „was du meinst. Diese Nacht fährst du bitte nicht nach Almada."

48

Nach dieser Nacht überschlugen sich die Ereignisse. Aisha war am Nachmittag zu einem Kunden in das 20 Kilometer nördlich von Lissabon liegende Vialonga gefahren, um ein Gemälde abzuholen. Ich war mit der Fähre nach Almada gefahren, verbrachte den Abend auf meinem Zimmer. Gegen Zehn kam Aishas Anruf. Sie heulte am Telefon. „Jacó, kannst du bitte noch kommen!"

Als ich bei ihr war, traf ich auf eine verzweifelte, zerknirschte Aisha, die immer noch Tränen in den Augen hatte.

In Vialonga war sie in einer fröhlichen Gartenparty gelandet, war eingeladen worden und hatte sich ein paar Drinks genehmigt. Ein unglücklicher Zufall ließ sie bei der abendlichen Rückfahrt kurz vor Lissabon in eine Kontrolle geraten. Das Ergebnis: 1,1 Promille. Ein Jahr Fahrverbot, 1800 € Strafe oder auch mehr waren zu erwarten.

„Ach, Jacó", sagte sie. „Es ging mir so gut an diesem Tag. Wegen unseres schönen Abends, wegen der Nacht. Aber wie konnte ich nur so leichtsinnig sein! Jetzt kann ich nicht mehr zu meinen Kunden fahren, Bilder transportieren. Und ausgerechnet für nächste Woche habe ich den Auftrag in einer Kirche in Coimbra ein Fresko zu restaurieren. Wie soll das gehen? Ich kann die Materialien nicht im Zug mitnehmen."

„Wo ist der Wagen jetzt?"

„Der Polizist war freundlich. ,Lassen Sie den Wagen hier auf dem Parkplatz stehen und abholen', hat er entgegenkommend gesagt. Ich kann ihn da aber nicht über Nacht stehen lassen. Es ist ein ziemlich wertvolles Gemälde drin."

„Wir holen ihn sofort ab", schlug ich vor, „fahren mit dem Taxi hin. Für deine künftigen Termine darfst du deinen Praktikanten in Zukunft ruhig als Chauffeur engagieren. Einen Führerschein habe ich ja."

„Bezahlung?"

„Nichts natürlich."

Sie überlegte einen Moment, fragte dann: „Wie gefällt es dir bei Tante Malika?"

„Na ja", meinte ich. „Es geht so."

„Du könntest hier bei mir mietfrei wohnen. Das Haus ist groß genug. Du hast ein eigenes Zimmer. Wärest du mit diesem Versuch einverstanden? Mit meiner Tante kann ich reden. Das wird kein Problem sein."

„Aber ja doch. Ich bin einverstanden. Was das Restaurieren betrifft, bleibst du selbstverständlich die Chefin und ich der Praktikant. Aber bitte nur da."

Endlich lächelte sie wieder, umarmte mich.

„Danke, Jacó!"

Am nächsten Tag fuhren wir nach Almada. Malika war einverstanden, wollte mir sogar noch einen Rest der Monatsmiete zurückgeben, was ich aber ablehnte.

49

Das zweite Ereignis war ein Anruf von meinem Vater. Seine Stimme war ungewohnt sanft, freundlich, versöhnlich. Ich richtete gerade mein neues Zimmer ein, konnte ungestört sprechen.

„Junge", sagte er. „Ich mache dir ein Angebot. Wenn du innerhalb der nächsten zwei Wochen zurückkommst, miete ich für dich eine Wohnung in Köln. Du willst ja unabhängig sein. Du beginnst mit dem BWL-Studium, bekommst von mir Unterhalt und übernimmst in zwei oder drei Jahren das Büro. Was hältst du davon?"

„Geht nicht. Ich lasse mich hier in Lissabon zum Restaurator ausbilden, für alte Gemälde."

„Ich weiß. Deine Mutter hat es mir erzählt. Aber was willst du mit alten Bildern? Mach was Neues, Vernünftiges!"

„Alte Bilder sind sehr schön. Der Beruf macht mir Spaß. Außerdem habe ich hier eine Freundin."

„So? Eine Freundin? Wie heißt sie denn?"

„Aisha."

„Aisha? Portugiesin?"

„Marokkanerin."

„Eine Afrikanerin!? Junge, überleg dir das!"

„Es ist das Beste, was es gibt."

Eine Weile Schweigen. Die Mutter hörte mit. Denn der Vater legte die Hand auf die Sprechmuschel, deckte sie aber nicht hinreichend zu, so dass ich mitbekam:

„Oh Gott, der Junge will uns Afrika ins Haus bringen!"

Dann sprach der Vater wieder mit mir, fragte: „Wie alt ist sie denn?"

„41."

„Na dann viel Spaß. Wenn du so alt bist wie ich, dann ist sie schon 77."

„Das dauert noch etwas."

„Hast du etwa vor, sie zu heiraten?"

„Möglich. Kann ich mir gut vorstellen."

„Sei ehrlich! Wovon lebst du zur Zeit eigentlich? Hält sie dich aus?"

„Nein. Ich arbeite für sie als Chauffeur."

„Eine reiche Frau?"

„Begütert."

„Na ja, Junge, du musst wissen, was du machst. Aber es wird nicht gutgehen. Du weißt, dass du es hier besser haben könntest."

„Es geht mir hier wunderbar. Wenn ihr wollt, könnt ihr gerne mal nach Lissabon fliegen. Ihr seid herzlich eingeladen."

„Nein, Jakob, das Elend tun wir uns nicht an. Also, du kennst mein Angebot. Überlege es dir!"

50

Aisha erhielt tatsächlich für ein Jahr Fahrverbot, musste 2000 € Strafe zahlen. Ich habe das übernommen, weil ich mitschuldig war. Denn nach unserer ersten gemeinsamen Nacht, wie sie mir gestanden hatte, war sie so lebenslustig und gut gelaunt gewesen, dass sie in einem überschwänglichen Leichtsinn bei der Party des Kunden mitgemacht hatte.

Nach sechs Monaten sprach ich fließend Portugiesisch, durfte nun auch das erste Mal das Bild eines Kunden restaurieren und hielt mich an den Grundsatz, dass alle Retuschen so behutsam durchgeführt werden müssen, dass sie wieder rückgängig zu machen sind. Dann konnte man einen neuen Versuch starten und gelänge der nicht, würde Aisha eingreifen.

Aber das war bei meinem ersten Auftrag nicht nötig.

Nach einem Jahr meldete ich mich bei der Uni in Lissabon an, um Wissen und Fertigkeiten zu erweitern. Aisha und ich hatten genügend Aufträge. Sie führte mich auch ein in die Restaurierung von Kirchenfresken. Im zweiten Jahr meiner Ausbildung durfte ich in einer kleinen Kapelle in dem Ort Santa Maria ein Jakobusfresko restaurieren. Das Motiv war Pilgerkrönung. Ich tat es mit besonderer Liebe und Hingabe. Als die Arbeit fertig war, stellte ich in der Kapelle für den Großvater eine Kerze auf, sagte „Danke!"

Privates und Berufliches zu trennen, war eine fixe Idee von Aisha gewesen, eine Ambivalenz zwischen Begehren und Ängstlichkeit. Es ist nie zu einem Konflikt zwischen diesen beiden Bereichen gekommen.

Nach meinem Studium, das mit einem ‚Master of Art' endete, haben wir geheiratet. Ja, tatsächlich, die Eltern sind nach Lissabon geflogen. Schließlich bin ich ihr einziger Sohn. Aisha war hinreißend schön, und ich würde ein Königreich dafür hergeben, wüsste ich, was der Vater, der seinen Blick kaum von ihr wenden konnte, gedacht hat. Wahrscheinlich: „Der Junge hat recht. Afrika ist wirklich das Beste."

Ich jedenfalls bereue nichts.

*

Website: www.ruediger-schneider.net
Email: mail@ruediger-schneider.net